うそだろ……。
転生先が
あのリュクスって……
最悪じゃないか。
この世界でただ一人、
魔眼を持つ——
死亡確定の悪役に転生!?
リュクス・ゼルディア
魔眼の悪役に
転生したので
推しキャラを見守る
モブを目指します

「――デスサイクロン！」
モルガ
ネギー
メロン
ウリア
デポン

魔眼×闇魔法×剣術
死にたくなくて、
独自の戦闘スタイルを鍛えたら……
兵士長も認める実力に!!
デニス
リュクスの兄。
ジョリス
兵士長。
元、王国騎士団の部隊長。

「ちょっと、なに勝手に手を繋いでるのよ？」
「えへへ、これで人混みでも絶対にはぐれないね！」
クレア
エリザ
ゲームでは最悪の関係だった
ヒロインたちまで、
なぜか集ってきて!?

魔眼の悪役に転生したので推しキャラを見守るモブを目指します

瀧岡くるじ
イラスト 福きつね

口絵・本文イラスト
福きつね

装丁
AFTERGLOW

CONTENTS

CHARACTER

恋愛アクションRPG『ブレイズファンタジー』の悪役キャラクター。
公爵家の次男ながら、魔眼のせいで嫌悪され、蔑まれている。
ゲームでは全ルートで殺され、魔王の強化パーツにされてしまう。

「へぇ……やるね、君！」
クレア・ウィンゲート
王国騎士団総帥の娘。
剣の天才。
エリザ・コーラル
コーラル公爵家の次女。
ツンデレ。
「べ、別に。そんなんじゃないんだからね！」
「もう……様って付けたら、嫌って言いましたよ……？」
リィラ・スカーレット
王女。
炎、水、土、風の
四属性の魔法を
使いこなす。

プロローグ

――目が覚めると、知らない場所にいた。

蝋燭《ろうそく》が照らす薄暗い場所で、ふと意識が覚醒《かくせい》する。

悪趣味なオブジェが並ぶ部屋の中央には魔法陣が描かれ、身動きができないように縛られた女の子が横たわっている。

年齢は十歳くらいだろうか、メイド服を着ている。

「これは……一体どういう状況なんだ？」

思わずそんな言葉が口から漏れた。

壁に立て掛けてあった姿見に駆け寄って、自分の姿を見て驚く。

そこには子どもが映っていた。

一目で高級とわかる服。髪の毛はダークアッシュというのだろうか。黒と銀の中間のような色をしていて、ボサボサに伸びている。

そして血のように恐ろしい赤色に染まった瞳《ひとみ》。

「えっと……」

おかしい。俺は十八歳の大学生で、病院に向かう途中で事故に遭って……それで。

「リュクス様？　どうされたのですか？」

縛られていた女の子がこちらを見つめながら心配そうに声をかけてきた。

心配とは言っても、こちらの身を案じてというよりは「頭大丈夫かお前？」的なニュアンスだ。

この奇妙な状況ではなく、俺がおかしいかのような物言いに引っ掛かりを覚える。

いや、それよりもこのメイド、聞き捨てならないことを言っていた。

「ちょっと待って。今俺のことリュクスって呼んだ？」

「はい……貴方《あなた》はリュクス様ですので」

「間違いない？　本当に俺はリュクスなのか？」

「間違いありません。え、本当に大丈夫ですか？」

リュクスといえば、俺が人生で一番ハマっていたゲームに出てくる敵キャラの貴族の名前である。

うそだろ……。

あまりに突然の出来事に未《いま》だ混乱しているが、どうやらゲームのキャラクターに転生してしまったようだ。

というか俺、あの事故で死んだのか。しかも転生先があのリュクスって……最悪じゃないか。

『ブレイズファンタジー』という恋愛アクションＲＰＧがある。

攻略対象の女の子たちの親密度を上げてハッピーエンドを目指す学園パートと、攻略対象や頼れる学友たちと協力して魔物を倒す戦闘パートを繰り返しながら、最終的に復活した魔王を倒す。

自由度の高い戦闘、魅力的なヒロイン、種類豊富なイベントとサブストーリー。

ヒロインたちと甘々な日々を過ごすもよし。

戦闘を極めて最強チームを作るもよし。

多種多様な楽しみ方ができる『ブレイズファンタジー』（略してブレファン）はかなりのヒット作として世に広まっていた。

かくいう俺もその魅力に取り憑《つ》かれたプレイヤーの一人である。

特に俺はキャラが大好きだ。各ヒロインとのハッピーエンドや特殊イベントを見るためなら、苦行のようなレベル上げや周回プレイにも耐えられた。

だが一人だけ、嫌いなキャラがいた。

いや俺だけじゃない。

このキャラはブレファンをプレイした人ほぼ全員から嫌われるキャラクターだ。

リュクス・ゼルディア。

御三家と呼ばれる公爵家の生まれながら、その目に宿した魔眼の力のせいで多くの人たちから嫌悪され、蔑《さげす》まれ生きてきた。

生い立ちには同情するが、そのねじ曲がった性格には心底苛立《いらだ》ちを覚える。

伸ばし放題の不潔な髪。

歯ぎしりをしたり頭を常にボリボリ掻《か》いていたり、しまいには「ひょひょひょ」と笑ったり。

おおよそ人間が不快に感じる要素を全て詰め込んだようなキャラクターだった。

けれどリュクスが嫌われているのは何も容姿や性格のせいだけではない。

ブレファンには五人の攻略対象……ヒロインがいるのだが、その五人のシナリオ全てで中ボスとして、リュクスがプレイヤーの前に立ちはだかるのだ。

ヒロインを精神的に追い詰めて泣かせたり、選択肢によっては殺害するバッドエンドに直行したりすることもある。

そのやり口は卑怯《ひきよう》卑劣で見ていて不快になるものばかりだ。

そんな中で戦闘になれば、プレイヤーは容赦なくリュクスをぶっ殺す。

今までさんざんイライラさせられてきたのだから、当然だ。

しかしリュクスを殺せばスカッとするかというとそうではない。

リュクスが死ぬことによって魔王が復活し、こいつの死体から魔眼を奪い、完全体へとパワーアップするのだ。

死して尚《なお》ラスボスの強化パーツとなりプレイヤーを苦しめる厄介な奴。

それがリュクス・ゼルディアなのである。

で、そんなキャラに転生してしまった俺は、将来学園で主人公とヒロインにぶっ殺された挙句、魔王の強化パーツになることが確定している訳だが……。

「主人公やヒロインには会いたい……是非お目にかかりたい。何故《なぜ》なら俺はブレファンが大好きだから。でもぶっ殺されるのは普通に嫌だし、魔王に眼球をあげるなんてもっと嫌だ」

さてどうしよう。

「あの～リュクス様？　本当にお頭は大丈夫ですか？」

俺が一人でブツブツ言っていたからだろう。

縛られたままの少女が再び声をかけてきた。

「あ、ああ。もう大丈夫だよ」

「それはよかったです。リュクス様の身に何かあったのではないかと心配で」

「心配をかけてすまなかったね。ところで君はこんな気味の悪い部屋で一体何をやっているの？

大丈夫？　その体勢、辛《つら》くない？」

「あ……あ……」

俺の質問に、少女はピクリと固まった。

そして——

「貴方がやったんでしょおおおおおお‼」

めっちゃキレた。

「え？　俺？」

「そうです！　『悪魔召喚をやるぜぇ～ひょひょひょ～生け贄《にえ》はお前な！』って言って私の体を縛ったんです！」

「え⁉　す、すみませんッ」

あまりの恥ずかしさに赤面しながら、少女の体を縛っていた紐《ひも》をほどく。

話を聞いてみると、この少女の名前はモルガで年齢は十歳。（ちなみにリュクスになった俺の年

齢は九歳。もうすぐ十歳の誕生日とのこと)

このゼルディア家でメイド見習いをしている。

ゼルディア家では魔物によって家族を失った子どもたちを積極的に雇用しているそうで、この屋敷にはモルガ以外にも同年代のメイド見習いが沢山いるのだとか。

リュクスは数日に一回のペースで『悪魔召喚の儀式』を行っており、その度《たび》にメイド見習いを「生け贄」と言いながら縛っているらしかった。

最初は怯《おび》えていたメイド見習いたちだったが、悪魔が呼び出されることは一切なかったため、今では子どものごっこ遊びに付き合うくらいのノリで生け贄をやってくれているらしい。

闇の魔法に没頭し孤独な幼少期を過ごしたという設定は知っていたが、ここまで酷《ひど》いとは思わなかった。

メイド見習いにも完全にイタい奴だと思われている。

「えっと……リュクス様。悪魔が呼び出せず、残念でしたね? 次はきっとうまくいきますよ!」

しかも滅茶苦茶《めちゃくちゃ》気を使われてるじゃねーか。

幼少期のリュクス、残念な奴だったんだな。

「いや、悪魔召喚はもうやめる。モルガも、今までこんな危険なことに付き合わせてすまなかった。嫌だったよね? ごめんね」

立ち上がりながらぐっと伸びをしたモルガは、なんてことないように言った。

「いえ、儀式中は仕事をサボれるのでそれほど嫌ではありませんでしたよ?」

メッチャ舐《な》められてるやんけリュクス。

「なのでたまには悪魔召喚の儀式をしてもいいですよ？　生け贄ならやってあげますので」

「いや、本当にもうやらないから」

「そうですか？　残念だなぁ」

この子にとって、リュクスの悪魔召喚は仕事をサボるための口実程度のことだったのだろう。残念そうにしながら、仕事に戻っていった。

「はぁ……とりあえず片付けるか」

一人残された俺は、部屋の片付けをする。

床に散らばった本を本棚に戻していると、一枚のメモを見つけた。

「なんだこれ？」

メモにはこの世界の言葉で『願い事リスト』と書かれていた。

悪魔を召喚できたら、その悪魔にお願いしたいことが箇条書きされている。

「願い事……か」

俺は敵として登場した十五歳のリュクスしか知らなかったが、案外可愛《かわい》いところがあるじゃないか。

リストに書かれていることも、それほど物騒な内容ではない。

普通に生きていれば叶《かな》いそうなささやかな願いばかりだ。

「でもまぁ。駄目だったんだよな」

リュクスのこの願いが叶わなかったことを、ゲームを何度もプレイした俺は知っている。

この世界では、魔眼という存在は忌み嫌われている。

その理由は、数百年前にこの世界を恐怖で支配しようとしていた魔王が魔眼持ちだったからに他ならない。

様々な能力を持つ魔眼の恐怖は、当時を生きた全ての人のＤＮＡに刻まれた。そして、その根源的な恐怖は、今を生きる人たちにも受け継がれている。

夜の暗闇が無条件に怖いように。

虫を生理的に嫌悪するように。

魔眼持ちもまた、無意識に畏怖《いふ》されるのだ。

そんな魔眼を持って生まれたリュクスがどのような人生を送ってきたかは、想像に難《かた》くないだろう。

実の父親からは『いないもの』として扱われ、母親は魔眼持ちを産んでしまったというショックで自殺。

五つ年上の兄からは憐《あわ》れまれている。

出会う人々はみんな、目を合わせただけで気味悪がる。

生まれてからの九年間、ずっと孤独に生きてきたのだろう。

書かれた願い事の内容から、それがわかる。

「なんだ。俺と同じじゃないか」

リュクスほどではないが、前世の俺も孤独な人生を歩んできた。

生まれつき体が弱く、学校を休みがちで、友達は一人もできなかった。

青白い肌とガリガリの容姿は同級生から気味悪がられ、遠巻きにいつも馬鹿にされていた。

教室では、息を潜めるようにして過ごしていた。

「クラスメイトの笑い声が、なんか怖かったんだよなぁ」

自分が笑われているような気がして。

学園要素もある『ブレイズファンタジー』にハマったのは、学校に馴染《なじ》めない鬱憤《うっぷん》を晴らすためだったのだろうか。

あんなにも憎らしかったリュクス・ゼルディアに、どこか同族意識を感じている自分がいた。

「でも、悪魔に頼るのは駄目だ」

悪魔召喚は、金輪際やらない。

『ブレイズファンタジー公式設定資料集』（六千八百円、値段高過ぎ！）を穴があくほど読み込んだ俺は知っている。

幼少期から闇の魔法を研究し続けたリュクスは十四歳の時……本当に悪魔召喚を成功させてしまうからだ。

しかもただの悪魔ではない。数百年前に勇者によって討伐された魔王の魂を呼び起こしてしまう。

そしてその魔王の魂に唆《そそのか》され、さんざん主人公やヒロインと戦わされた挙句、最後には死に、眼球を奪われるのだ。

『リュクス、君は天才だ！』

『君の思う通りにやってごらん？』

『逆らう奴は全員殺してしまおう』

魔王の魂はそんな甘い言葉でリュクスを操り、最後には見捨てる。

けれど――

魔眼を持っているだけで忌み嫌われるこの世界で、嘘でもリュクスに優しくしてくれたのは、魔王の魂だけだったのだ。

「それでも、悪魔召喚はやめるんだ」

俺は願い事リストに書かれたリュクスの一つ目の願いを見る。

『幸せになりたい』

一番大きく書かれていた願い。

俺も同意見だ。俺も、幸せになりたい。

「その願い、叶えてやる。でも、魔王になんて頼らない。俺は自分の力で願いを叶えてみせる」

一章　ゼルディア家

一夜明け、次の日の朝。

「むっ……朝か」

貴族という言葉から連想される絢爛《けんらん》豪華な天蓋《てんがい》付きのベッド……とはかけ離れた質素なベッドから起き上がる。

「ゼルディア家は倹約家……か」

昨日得た知識を呟《つぶや》いてみる。

あの後、廊下で暇そうにしていたメイド見習いのモルガを部屋に招き、いろいろと質問した。

設定資料集まで読み込むほどハマったゲームの世界だったが、俺の持っている知識が本当に正しいのか、その擦《す》り合わせがしたかったのだ。

この国の名前はローグランド王国であること。

ここはゼルディア公爵領の当主の屋敷で、当主や次期当主の兄はほとんど家におらず、魔眼持ちのリュクスを一族の恥だと思っていること。

それに絶望したリュクスは「みんな死ね～」が口癖となり、悪魔召喚の儀式にハマってしまったこと。

その他、様々な地名や人名を聞き、俺はここが『ブレイズファンタジー』の世界であるということを確信したのだ。

ということは、主人公やヒロインたちも、この世界に存在する。

いや当たり前の話なのだが、リュクスとして生きていく上で、これは重要な事柄だ。

ゲーム『ブレイズファンタジー』のヒロインは五人いて、主人公がどのヒロインとくっつくかで、ストーリーは大まかに五つのルートに分岐する。

そしてリュクスは、全てのルートで殺される。

時に主人公に。

時にヒロインに。

時に敵の組織に。

お約束のように殺される。

俺が知る限り、リュクスが生き残るルートはない。

当然だ。

死んだリュクスから魔眼を奪って、初めてラスボスである魔王が完全復活するのだから。

そういうストーリーの都合上、死なない訳にはいかないキャラだったのだ。

ゲームをやっていた時は何も思わなかったが、いざリュクスに転生してみると、なんとも理不尽な話である。

ゲームの制作者、人の心とかないんか？

威勢よく「幸せになる！」と決意したものの、そもそも死亡が確定しているキャラに転生したので、まずはそれをなんとかしなければならない。

一晩考え抜いた末に、俺は一つの答えにたどり着いた。

「悪役を辞める。そしてストーリーをぶっ壊す。それしかない」

改めてゲームのストーリーを振り返ると、『魔王復活』や『人気キャラクターの死』などの悲劇的な出来事全てにリュクスという悪役が深く関わっていることに気付く。

ゲームのリュクスは悪役キャラクターという役割故、ヒロインに陰湿な嫌がらせなどをしていた。それをきっかけに、主人公とも敵対するようになる。

だがそもそもキャラ愛の深い俺が、ヒロインに嫌がらせをしたり、敵対したり、ましてや殺したりする訳がない。むしろそういうことがないように、ささやかに守って差し上げるのが使命というもの。

この時点で、俺が中ボスとしての役割をこなすことは不可。

つまり、俺がリュクスに転生して、死亡回避を望んだ時点で、ゲームがぶっ壊れるのは必至な訳である。

戦闘パートのメインストーリー一番の盛り上がりどころであるラスボス、完全復活した魔王との戦いが全く行われないことになってしまうが、構わない。

そういう巨悪との生死を懸けた大決戦はゲームだから面白いのだ。

今やここは現実。魔王と戦う状況にならないことこそが、みんなにとって望ましい。

それに俺がまっとうに生き延びることができれば、魔王が完全復活するということも起こりえない。

俺が悪役を早期辞退することで、煩わしい中ボスは消滅。主人公とヒロインたちに残るのは、平穏な恋愛パートだけ。後はひたすらモブに徹し、主人公たちを見守るのだ。

そう、モブに——俺はなる！

大好きなキャラたちの日常を間近で見られるのなら、ファンとしてそれが一番の幸せである。

ところがそう簡単にはいかない。俺の平穏を脅かすであろう悪の組織がまだ残っている。

ブレファンは、数百年前に魔王が倒されている平和な世界だ。

だが、魔王を復活させるため、暗躍している組織が存在する。

それが魔王復活教。

七人の大魔族をリーダーとした悪の軍団である。

ゲームでのリュクスはこいつらにさんざん利用され、魔眼を奪われるのだ。

こいつらの行動に関しては、正直読めない。

ゲームではリュクスが偶然魔王の魂を呼び出したことをきっかけに、奴らの仲間に加わる。

もちろん俺は悪魔召喚なんてもうしないので、魔王の魂を呼び出すことはない。

だから、奴らと関わることなく暮らせるはずなのだが。

「いや、俺が魔眼を持っている以上、必ずどこかで接触してくるはずだ」

何故《なぜ》なら今現在、魔眼を持っているのはこの世界で俺一人。

そして魔王の完全復活には、魔眼が必要不可欠だから。

リュクスとして生きている限り、必ずどこかで魔王復活教と接触する。

「魔王復活教……ゲームでも厄介だったけど、転生しても変わらず煩わしい連中だとは……」

悪役にならないことで、メインキャラに殺されるという未来は回避できるだろうが、魔王復活教に殺される可能性は残っているって訳だ。

入信を断れば、魔王復活教と敵対——一方的に俺は狙われることになってしまう。ならば自衛のためにも強くなるしか……ないよな。

「今度こそ幸せを掴《つか》み取るために。まずは強くなって、生き残るんだ」

そう決意を固めた。

＊＊＊

「リュクス様。朝食の準備が完了いたしました」

「わかった。今行くよ」

扉の向こうから声がした。

迎えに来てくれたモルガの後に続いて食堂へ向かう。

その道すがら、何人かの使用人とすれ違う。

みんな挨拶《あいさつ》をしてくれるのだが、やはりというか、誰とも目が合うことはなかった。

呪われた魔眼持ちを畏怖しているのはわかる。

けれどこうも露骨に目線を逸《そ》らされると、心に来るものがある。

モルガは気さくに話してくれたからうっかりしていたが、それ以外の人間と対面したことで、自分がリュクスなんだ、という実感が湧いた。

「そういえば」

ゲームで戦った時の魔王って、常に魔眼という訳じゃなかったよな？

通常時は普通の目で、ラスボス戦闘に突入した時にカットインが入り魔眼に切り替わるという特殊演出があった。

つまり、魔眼は本来オンオフが可能ということになる。

えっとどうやるんだろう……とりあえず声に出してみる？

「静まれ……静まれ俺の魔眼よ。静まってくれぇ！」

「うわ、なんですか急に⁉」

「ご、ごめん……」

少し声が大きかったのか、モルガを驚かせてしまった。「うわぁなんだコイツ？」みたいな顔をされている。

「ちょっと魔眼をオフにしてみようと思ってさ」

「おふ……？」

モルガが可愛《かわい》らしく首を傾《かし》げた。

「魔眼の発動をやめて普通の目にしておくってこと」

「そんなことできるのですか？」

「できるさ」

今度は声に出さずに、目を閉じ静かに念じてみる。

すると、眼球からエネルギーが抜けていくような感覚になったので、そっと目を開けてみる。

「どう？」

「はわわ！　本当に魔眼じゃなくなりました！　綺麗《きれい》な青い瞳《ひとみ》です！」

「似合う？」

「とっても似合います！　絶対こちらの方がいいですよ、リュクス様！」

「そ、そう？　なら普段はこっちでいようかな」

気味悪がられるのではなく、嬉《うれ》しそうな目をまっすぐに向けられて、くすぐったいような気持ちになったのだった。


う……うめぇぇぇぇぇぇ～～～～！

パンとスープ、スクランブルエッグ、ソーセージを嚙《か》みしめるように食べながら心の中で感涙する。

食堂に移動した俺は、沢山のメイドや執事に囲まれながら朝食をとっているところだ。

健康な体ってサイコー！　沢山食べられるって幸せだ……。

前世では病弱な分、食も細くてこんなに食べられたことはなかったからなぁ。

「お、お坊ちゃま……」

そこに恐る恐る気難しそうな中年のメイドさんが話しかけてきた。おそらくモルガから聞いていたメイド長さんだろう。

もしかして、テーブルマナーとか注意されるのかも、と身構える。それとも、封じ込めた魔眼のことを訊《き》かれるか？

「今日のお食事はお気に召したでしょうか？」

「すごく美味《おい》しいです。特にスクランブルエッグが美味しかったので、また食べたいなと思いました。でもどうして？」

「い、いえ。普段なら肉を見れば『こいつを生け贄《にえ》に悪魔を呼び出すぜぇ』と叫んだり、ケチャップで魔法陣を描いたり、パンを粘土代わりに悪魔人形を作ったり……」

食べ物をそんな粗末に⁉　誰だよそのクソガキ……あ、俺か。

そういえば食事中、みんな随分と緊張しているなと思っていたがそうか。いつリュクスの……俺の奇行が始まるかと身構えていたのか。

なるほど、気苦労をかけていたようだ。

「えっと、今までのことは本当に申し訳ありませんでした。これからは真面目にやっていくので、どうかよろしく。あと、今まで俺の奇行を見守ってくれて、ありがとうございました」

「勿体《もったい》ないお言葉。これでみんなも安心できます」

ホッとしたようなメイド長さんの言葉。だがその表情は訝《いぶか》しげだ。

何か裏でもあるのではないか？　と探っているような。

それは仕方がない。

生まれが不幸であることに任せてやりたい放題やってきたリュクスの信頼度はゼロを通り越してマイナスだろう。

ここから頑張って、この人たちの信頼を取り戻していくのも、今後の課題の一つになるだろう。

＊＊＊

「屋敷の中を案内してくれるかな？」

朝食を済ませた後、モルガを捕まえて尋ねてみた。

「もちろん構いませんよ？　でも、それならちゃんと命令をしていただけますか？」

「命令？」

「はい！　私、この後トイレの掃除をしなくてはならないんですけど……」

モルガは悪びれることなく言った。

「リュクス様の命令は優先順位が上なので」

「なるほど。いいよ。それじゃ命令だ。俺に屋敷を案内してくれ」

「喜んで！」

モルガについて回って、屋敷の中を案内してもらう。

その最中、何度か屋敷の使用人たちとすれ違ったので挨拶をしてみた。

みんな普通に返事をしてくれてから「はっ」と驚いてこちらを振り返った。

魔眼による生理的嫌悪感がなくなったことに気が付いたのだろう。

「今、目が青かったよね？」なんてひそひそ話も聞こえてきた。

魔眼さえ封じれば、意外と早く馴染《なじ》めるかも。そんなことを考えつつ、モルガの後に続く。

「順番に案内しますね」

食堂や書斎。トイレやシャワーなどが現代日本風で笑ってしまった。

元がゲームだから仕方ないが、ガチ中世のトイレだったら耐えられたか不安だったのでありがたい。

地下に当主とその家族専用の大浴場があったのは流石《さすが》に笑ったが。

「今日からは毎晩こちらをご利用ください。我々メイド見習いが交代でお体をお流しいたしますので！」

「いや自分でやるからいいよ」

「えええええええええええ!?」

「そんな驚く!?」

「り、リュクス様……せっかくお変わりになったのに……お風呂《ふろ》にお一人で入るのは変わりないのですね」

そこは前からなのか。

ってかリュクス凄《すご》いな。こんなに可愛いメイドさんたちに体を洗ってもらえる立場なのに自ら放棄していたなんて。

「わかりました。では右足だけ。右足だけでいいので洗わせてください」

「何がわかりましたなの⁉　何もわかってないよね⁉」

主従関係ながらどこか気安いモルガとの会話が楽しくなってきたところで、ようやく屋敷を一周できた。

「もういいよ」となった段階でモルガが「ええ～もっとどこか見て回りませんか？」とか言いやがった。

ちょっとした遊びのような感じで楽しんでいたようだ。

メイドとはいえ、まだそこら辺は子どもだな。

「けどもう見たいところなんて……あっ。なら訓練場まで案内してくれるかな？」

「わかりました！　ご案内いたします！」

元気にそう言ったモルガの後に続き、俺は訓練場へと向かった。


訓練場。

屋敷から歩いて十分ほどの距離にあって、宿舎と一つになっている。

ゼルディア家は頻発する魔物による事件に対応するため、元冒険者や騎士団経験者を雇って鍛えている。

有事の際は当主がここから精鋭たちを派遣し事態に対処する。

訓練場に近づくと、男たちの気合いの入った声と剣がぶつかり合う音が響いてきた。

ほのかに漂う汗と土の臭い。

どうやら実践的なトレーニングの最中のようである。

俺とモルガは少し離れた位置からその様子を窺《うかが》う。

「兵士の方々に声をかけられるのですか？」

「いやいや。俺が声かけたところでだよ」

モルガの話によると、一年ほど前、リュクスは剣の稽古《けいこ》のためにこの訓練場を訪れたらしい。しかしものの数分で挫折《ざせつ》。

それ以来、訓練場には一回も近づかなかったとか。

「モルガ、今からちょっと魔眼を使うけど……怖かったら先に戻っていてもいいからね？」

「え？」

俺は抑えていた魔眼を起動する。

じわりと眼球に熱が通る感覚がする。

横のモルガから「わっ」と小さな声が漏れて、ちゃんと魔眼に戻ったことがわかる。

その状態で訓練中の兵士たちを凝視する。

魔眼の力は、何も眼球が真っ赤になって相手を怖がらせるだけじゃない。

いくつかの強力な能力を持っている。

その一つが極限まで高められた観察眼。

剣術や魔法などは目視さえすればコピーすることができるチート性能である。

だがコピーとはいっても、それを再現できるかどうかは使用者にかかっている。

実際ゲームのリュクスはもっぱら魔法のみを基本戦法としていて、体術や剣術は全く駄目であった。

リュクスは幼少期から部屋に引きこもっていたため、体の基礎ができていなかったからだろう。

病弱だった前世の俺と同じ、シャー芯《しん》のような細い体をしている。

しかし、このリュクスの体の細さは運動不足や偏食によるものだ。

前世のような病気によるものじゃない。

今から本気で訓練をすれば、剣術もマスターできるのでは？　と俺は考えている。

現に今も、手練《てだ》れの兵士たちの技術が魔眼を通じて俺の体にインプットされているのを感じる。

「凄い……」

戦いを見ているだけでどんどん強くなっているのがわかる。

早く俺も戦ってみたい。そうワクワクするほどに。

その時、手をぎゅっと強く握られた。

「リュクス様、そろそろ帰らないと」

「え、まだ来たばっかりじゃ……って、もう日が沈んでる⁉」

ほんの一瞬のように感じていたが、どうやら数時間はここにいたらしい。

転生前では考えられないほどの集中力だ。

「うふふ。早く帰らないとメイド長さんに怒られちゃいますよ？　私が」

「ゴメンゴメン。すぐ帰ろう。一緒に謝るよ」

「それは本当にお願いしますね」

その日はそのまま戻り、モルガが怒られないようにメイド長さんに謝った。

＊＊＊

その日以来、俺は毎日のように訓練場に向かった。

木の陰に隠れながら兵士たちの訓練をずっと見ていた。

魔眼で兵士たちの動きを学習しながら、こっそり自分で練習してみたり。

その時だった。

「そろそろ素振りでは物足りなくなってきたのではありませんか？」

木の棒を振っていると、背後から声がした。

ゾクッとした。

まるで気配を感じなかったからだ。

驚いて振り返ると、そこには一人の老紳士が立っていた。

執事のような格好をしているが、こんな奴は見たことがない。

「えっと、貴方《あなた》は？」

俺の問いに、老紳士は顔を歪《ゆが》めた。

明らかにイラッとしたのがわかる。

見た目ほど紳士的な人ではないのかもしれない。

だが男はすぐに平静を取り戻し、静かに言った。

「ゼルディア家の兵士たちを取り纏《まと》める兵士長をしております、ジョリスと申します。坊ちゃんには一度だけ剣の指導をしたことがあったはずなのですが……なるほど、下々の顔など記憶するに値しないという訳ですか。悲しいですね」

「す、すみません。ここ数年の記憶が曖昧《あいまい》で」

メッチャ嫌味言うじゃん。

それにしても……そうか、この人がジョリスか。

モルガから怖いと聞いていたが、本当なのかもしれない。

「あの時は酷《ひど》い有様でしたが……ここ数日、こちらの様子を窺っているようですね」

「気付いていたんですか？」

「当然です。それだけ禍々《まがまが》しい魔力を発していれば」

禍々しい……ああそうか、魔眼か。

魔力が漏れているとは知らなかった。

これも今後の課題だな。

「ですがやる気を出してくれたのなら結構。いかがです？　今からでも私の指導を受けてみるつもりはありませんか？」

「あの……俺と直接戦っていただけませんか？」

「……はい？」

俺の言葉にジョリスは不快そうな顔をする。

無理もない。生意気な子どもだと思っているのだろう。

俺だってそう思う。

だが、魔眼の観察力がどの程度のものか、早く試してみたいのだ。

それに引退したとはいえかつて王国騎士団で部隊長を務めていたというジョリスは、魔眼の力を試すにはもってこいの相手だ。

「怪我《けが》をしても知りませんよ？　手加減は苦手ですので」

しばらく悩んでいたジョリスは深い溜息《ためいき》の後、冷たくそう言った。

バカは痛い目を見ないとわからないか……そんな風に考えたのがわかる。

今はそれで構わない。

とにかく、殺される心配のない強い相手と戦えればそれでいい。

ジョリスの後に続き訓練場に入ると、短めの木剣を手渡された。

殺傷能力のない、訓練用の剣だろう。

同じサイズの木剣をジョリスも握る。

「まさか兵士長が直接指導かよ……」

「おい、相手のガキって……」

「魔眼の子だ……」

「口を慎め。クライアントの息子さんだぞ」

いつの間にか兵士たちが訓練をやめ、周りに集まってきていた。

俺は木剣を持つ手に力を込めた。

「さぁ坊ちゃん。どこからでもかかってきなさい」

お言葉に甘えて、まっすぐに打ち込むことにする。

「どうしました？　いつでも構いませんよ？」

兵士長ジョリス。

平民の出身でありながら王国騎士団で部隊長を務めたほどの実力者。

全盛期には数々のモンスターを打ち倒し、王国騎士団先代総帥の右腕とまで言われた男。

引退しても鍛錬は欠かさず続けており、今でもゼルディア家の兵士たちの中で最強の腕前らしい。

「中途半端な攻撃では怪我をします。初めから全力で来なさい」

「お言葉に甘えて……」

俺は一気に間合いを詰め、ジョリスに斬《き》りかかる。

「――なっ⁉」

速攻で一発入れて主導権を握るつもりだったが、華麗な剣捌《けんさば》きで受け流される。

バランスを崩し転倒しそうになるがなんとか体勢を立て直す……だけではない。

それと同時にさらなる攻撃を行う。

「……ほう⁉」

だがそれも剣で受け流される。悔しい反面、俺の口角は自然と上がっている。

魔眼で学習した兵士たちの動きが最適なタイミングで俺の体の動きをアシストしてくれる。

「こういう状況ではどうしたら？」が頭ではなく体に染みついている。

本来なら何年も反復練習を繰り返し体に染み込ませる立ち回りの数々が魔眼の力で、たった数日で身についている。

そしてその動きを実行できるリュクスの健康な体が素晴らしい。

前世の俺ならこの木剣を持ち上げるだけで精一杯、素振り一回で病院行きだ。

楽しい。楽し過ぎる！

俺は健康な体を満喫するように思う存分剣を振るった。

しかし所詮《しょせん》は付け焼刃。俺が魔眼で身につけた動きは、ここの兵士たちの立ち回りである。

ジョリスには通用しない。

当然だ。ここの兵士たちを指導しているのはジョリスなのだから、見切られて当然。

俺が必死に繰り出す攻撃は全て軽く受け流されている。

「はぁ……はぁ……」

健康体とはいえ、今まで全く運動してこなかったリュクスの体は思いのほか体力がない。

もう既に限界に来ている。

ならば次で決めるしかない。

「その構えは……まさか？」

「――パワースラッシュ」

俺はゲームで言うところの、剣士系の攻撃スキルを使用した。

通常の剣の一振りに自らの魔力でブーストを加え、攻撃力と切れ味を増加させるスキル。

木剣なので切れ味は変わらないが、攻撃力は数倍にまで跳ね上がる。

これなら受け止められても押し切ることができる。

「はあああああ！」

「……っぐ⁉」

ジョリスは予想通り剣で受け止めた。

想像を上回る衝撃だったのか、この戦いで初めて顔を歪ませた。

いいね。その顔が見たかったぜ！　なんて悪役めいたことを思っていたその時。

急に腹部に衝撃が走る。

次の瞬間、俺は地面に突っ伏していた。

「あ……え……？」

どうやらカウンターを食らってしまったらしい。速過ぎて見えなかった。

くそ、早く起き上がらないと……って。

「いってええええ」

ヤバい……カウンターを受けた腹部だけじゃない。

体中が滅茶苦茶《めちゃくちゃ》痛いんだけど⁉

「酷いですよ、ジョリスさん……生意気言ったとはいえ……子ども相手にどんな技使ったんですか……⁉」

「誤解です坊ちゃん。坊ちゃんの全身が痛むのは筋肉痛のせいでしょう」

「き……筋肉痛？」

ち、違う。筋肉痛には何度もなったことがあるが、こんなのは知らない！

「ご自身の体の限界を大きく超えた動きをしたから、耐えられなくなったのです」

「体が？」

「はい。確かに坊ちゃんはウチの兵士たちの動きを完璧《かんぺき》に真似《まね》できていた。ですが普段から鍛えている兵士たちと引きこもっていた坊ちゃんでは体の作りが違う。勝てると思うのは大きな間違いですよ」

「……俺はどうすればいいでしょうか？」

俺の言葉を聞いて、ジョリスは初めてニヤッと笑った。

「トレーニングあるのみです。体が治ったらこちらにいらしてください。戦える体を一から作り上げるお手伝いをいたしましょう」

「わ……わかった……わかりました……」

そして、俺の意識はここで途絶えた。

後で聞いた話だが、兵士さんが屋敷まで運んでくれたらしい。

いやホント、訓練の邪魔をして申し訳ありませんでした。

ジョリスSIDE

「兵士長……その腕……」

「ええ、折れていますよ。医務室で高めのポーションを飲む必要がありそうですね」

若い兵士がリュクスを屋敷へと運び去った後。

その場にいた熟練の兵士たちが集まってきた。

話題は先ほどの戦いについて。

ジョリスはリュクスと戦うことになった経緯を簡単に説明した。

生意気な子どもに現実を教えてやるくらいの気持ちだったのだが。

「最後の一撃には思わず本気のカウンターを決めてしまいましたよ」

ジョリスは赤黒く腫《は》れた右腕を擦《さす》る。

リュクスから最後の一撃を受けた時の衝撃でこうなってしまったのだ。

「いやしかし、坊ちゃんがあそこまで動けるとは思わなかった」

「前に訓練に参加したのは一年くらい前だっけ？」

「あの時は酷かったなぁ」

「でも兵士長の腕が折れたのはどういうことだ？　使ったのはパワースラッシュだろ？」

「ふむ……考えられるのは、坊ちゃんの持つ魔力の量が桁外《けたはず》れということでしょうか。通常10込めればいい魔力を坊ちゃんは1000込めた……それならば説明がつきます」

ジョリスの言葉に、みんなが息を呑《の》む。

「た、確かにそれなら説明はつきますが……」

「それでも兵士長の守備を超えてくるほどとはとても……」

「わかりませんよ？　何しろ坊ちゃんは魔眼の子なのですから」

魔眼という言葉にみんなが押し黙る。

魔眼の子は国に災いをもたらす。

それはここ、ローグランド王国で古くから言い伝えられてきたことだ。

数百年前の魔眼の子が魔王になったように。

リュクスもまた何か大きな災いをもたらすのではないかと、みんなが恐れている。

だが、ジョリスには関係なかった。

「坊ちゃんの兄であるデニス様も、お父上である当主様も剣の腕前はさっぱりでした。私は退屈でした。ですが坊ちゃん……リュクス様は違う。あれは鍛え甲斐《がい》がありますよ」

「へ、兵士長が……」

「ブツブツ呟《つぶや》きながら……」

「笑っている……」

「学園に入るまでにリュクス様を最強の剣士に……いやそんなに待てませんねぇ。ああ、そういえば十年祭では同年代の子どもたちの剣術大会が開かれるのでしたね。まずはそこで優勝することを目標に据えてみましょうか。さぁ、楽しくなってきましたねぇ」

普段全く笑わないジョリスの笑み。

魔眼の子より古《いにしえ》の魔王より、兵士たちにとっては、目の前のこの兵士長ジョリスが一番怖い存在なのだった。

闇の魔法

ジョリスとの戦いから三日。

あれ以来ずっと寝込んでいたのだが、ようやく動けるようになった。

まだ関節が痛むが、寝込んでいるとモルガや同僚のメイド見習いたちから玩具《おもちゃ》にされるので我慢して動く。

この三日間、俺が動けないのをいいことにあいつら好き放題やりやがって……。

運んでくれた朝食を即行で食べ、モルガたちが戻ってくる前に部屋を出る。

向かうは書斎。

体を動かすトレーニングはまだ無理そうだが、他の修業はできる。

今日は魔法に挑戦だ。

ゼルディア家の書斎はちょっとした図書館のように広く、二階まで吹き抜けの開放的な作りになっている。

本棚には小説や経済書、自己啓発本から料理本まで様々なジャンルの本が収められている。

「でも、今日使うのはこの呪文書だ」

呪文書とは、言うならば魔法を覚えるための教科書といったところか。

自らの魔法適性に合った魔法であれば、この呪文書の内容を理解することで使えるようになる。

リュクスの魔法適性は闇なので、闇魔法専用の呪文書を手に取る。

「しかしまぁ。見事にデバフばかりだな」

『ブレイズファンタジー』の戦闘で使える闇魔法といえばデバフが中心である。

デバフとは、敵に不利な状態を発生させ、相手の戦闘能力を低下させることだ。

ようは嫌がらせである。

そう、魔眼に闇魔法適性という、悪役になる要素を詰め込んだキャラこそがリュクスだ。

もちろん、俺はどちらの力も悪用するつもりはないし、正当に鍛えてみせる。

ってか、モブを目指しているのに、希少な闇魔法適性っていうだけでも目立つし、前途多難過ぎるだろ、この転生。

「だけど、魔眼と闇魔法の組み合わせは悪くないんだよな」

魔眼には観察眼の他に、もう一つ能力が存在する。

それが『見ただけで相手に魔法を掛けることができる』能力だ。

ゲームのリュクスは、この能力でデバフを掛けまくってくる厄介な敵だった。

「リュクスの視界に入っただけでデバフ状態。マジでウザい戦い方だったなぁ」

とはいえ、リュクス本体は貧弱。

一度近づいてしまえば、あとは一方的にボコボコにできた。

今の俺は、そうならないために、ジョリスさんに鍛えてもらおうとしているのだ。

つまり俺が目指す最強の形は『魔眼でデバフを掛けつつ剣で相手を仕留める』というスタイルになるだろう。

うん、ちょっと地味だね。魔眼を奪われないよう自衛するためには仕方ないけど。

主人公なら闇以外の全属性の魔法を使いこなせるんだけどね。

せっかく剣と魔法の世界に来たのに、デバフしか使えないのは悲しい。

もっと派手な魔法とか使いたかった。まぁ言ってもしょうがないけど。

「えっと、確か今使える魔法はスロウだけだったか」

対象の動きを遅くする闇魔法スロウ。

一見大したことない魔法だが、これと魔眼のコンボは凶悪だ。

本来なら手の平から闇の魔力を飛ばして、それを対象に命中させる必要があるのだが、魔眼なら見ただけで相手のスピードを遅くできる。

「あと俺が習得できそうな闇魔法は……小粒だけどいろいろあるな。とりあえず全部覚えてみようか」

呪文書を読み込み、仕組みを理解し実践する。

体の中に流れる魔力の動かし方は、転生したお陰だろうか、身に染みついている。

あとは魔法ごとの細かいコントロールを覚えるだけ。

適性があるからか、それともリュクスの才能故か、俺は簡単な闇魔法を次々と習得していく。

まぁそれでも、派手で強力な攻撃魔法はなかったが。

そして、戦闘以外で使える闇魔法なら、他にも面白い魔法があることもわかった。

「リュクス様、やっと見つけたー。そろそろお昼にしませんか？」

カートにサンドイッチと紅茶を載せたモルガが書斎に入ってきた。

返事がないにも拘《かかわ》らず俺の方へとやってくる。

「もう、突然いなくなったのでびっくりしましたよ？　これからは私たちに行き先を……きゃ――」

「危なっ⁉」

カートの車輪が転がっていた本にぶつかりバランスを崩した。

モルガもろとも倒れそうになる。

紅茶の入ったポットやサンドイッチが宙を舞っている……このままでは本が。

そう思った瞬間、咄嗟《とっさ》に魔眼を起動──さらにスロウの魔法を見ている全てに対して発動する。

魔力がごっそり引っこ抜かれた感覚と共に……全てがスローモーションになった。

宙を舞うティーポットとサンドイッチも。

倒れそうなカートも。

バランスを崩したモルガも。

え……スロウって生き物以外にも使えたんだっけ？

それなら相手の攻撃魔法とかに対しても使えるんじゃ？

あれ、スロウって思ったより強い魔法なんじゃないか？

「って考えてる場合じゃない。よっと……」

「ぐぎゃ」

俺は足でカートを押さえ、両手でサンドイッチとティーポットをキャッチした。

同時に、スロウの魔法を解除する。

「セーフ」

「私もっ！　私のことも助けてくださいよ！」

顎《あご》を打って涙目のモルガが恨めしそうに言った。

「悪い。サンドイッチをあげるから許してくれ」

「わーい！　ってそれ私が作ったやつです！」

「え、これお前の手作りなの？」

ちょっと心配になった。

「心外ですねー、『大丈夫なのか？』って顔になってましたよー？」

「あはは。そんなことないない。いただきます」

食べてみると、普通に美味《おい》しかった。

ここは剣と魔法のファンタジー世界なのだが、元が和製ゲームというだけあって、食事に関してはかなり進んでいる。

ハンバーガーとかプロテインとか、前世の俺が好きだったものが結構ある。

「む、最後の一個か」

「夢中で食べてましたね。そんなに美味しかったですか？」

「うん、美味《うま》かった。何より、俺のために作ってくれたっていうのが、メッチャ嬉《うれ》しい。また作ってほしい」

「わ、わぁ〜！　作ります、作ります！　貴方《あなた》のために毎日でも作っちゃいます！」

「いや毎日は別に……そうだ。サンドイッチのお礼に、俺からプレゼント」

「え……リュクス様から私にプレゼントですか⁉」

期待の眼差《まなざ》しを向けるモルガ。

「なんだろな〜なんだろな〜楽しみだな〜」と小躍りしている。

ふふふ、待っていろ。

今凄《すご》いのを見せてやる。

「さっき覚えたイミテーションという闇魔法があってね」

「魔法……？　闇……？」

「そう。物の構造や作りを理解することで、完全な複製品を作り出す魔法なんだ」

「私、嫌な予感がしてきました」

「今からこのサンドイッチを複製します」

「やっぱりだー」

本来なら複製元を長期間観察する必要があるクソ魔法のイミテーション。

だが魔眼の超観察能力と組み合わせれば――

一瞬の輝きの後、俺の右手に真っ黒いサンドイッチが握られていた。

「よし。どこからどう見ても完璧《かんぺき》なサンドイッチだな」

「どこがですか⁉　真っ黒ですよ⁉」

「色はアレだけど……形は結構サンドイッチしてるだろ？」

「形がサンドイッチしてたからなんだと言うんです⁉　手触りはブニブニだし、端っこの方からサラサラと崩壊が始まっていますよ⁉」

「ああ、それは足りない材料を俺の魔力で補っているからだね」

「じゃあこれ、実質全部リュクス様の魔力じゃないですか⁉」

まぁそういうことになる。

本来はちゃんと複製したいものの材料を用意してから行う魔法なのだ。

足りない材料は闇の魔力で補わなければならない。

このサンドイッチは全部魔力で補ったから、形だけを摸倣《もほう》した『サンドイッチのような何か』が出来上がったということだ。

やはり、あまり使える魔法ではない。

「いや待てよ。魔力を無理矢理物質にしようとするからこうなる訳で……じゃあ、初めから魔力だけのものを摸倣したら？」

「初めから魔力だけのものというと……魔法ですか？」

例えば魔眼で他の人の魔法を観察し解析して、それをこのイミテーションで複製すれば……。

あれ、もしかして……？

適性外の魔法の完全コピーができちゃいます？

しかも見ただけで？

「モルガ……ベテランメイドさんの中に風魔法を使える人がいるって、前に言ってたよな？」

「あ～ミラーさんですね。今日のシフトだと、今は裏庭で洗濯中だと思いますよ」

「裏庭ね。オッケーありがとう。あとサンドイッチごちそうさま。美味しかった」

「あっ……待ってください！　この黒いのどうするんですか～」

「捨てていいよ。食えないだろそれ」

ってか、まだその黒いサンドイッチを持ってたのか。

律儀な奴だなと思いつつ、俺はミラーさんの下へと向かった。

モルガSIDE

私、モルガはゼルディア家に仕えるメイド見習いです。

「捨てていいよ。食えないだろそれ」

そう言いながら書斎を飛び出していくリュクス様の背を、私は黙って見送ります。

まるで新しい玩具《おもちゃ》を見つけたような明るい顔を見ていると、自然と心がぽわぽわします。

少し前までのリュクス様は「うっひょーい悪魔召喚だ！　お前が生け贄《にえ》な！」と言いながら、よく私たちメイド見習いに絡んできました。

その度《たび》に私たちメイド見習いは怯《おび》えたフリをして、遊びに付き合ってあげていました。

生け贄として縛られている間は仕事が休めるというのもありましたし、幼くして母親を亡くしたリュクス様を不憫《ふびん》に思っていたのです。

みんな、弟のわがままに付き合うような気持ちでリュクス様の遊びに付き合っていました。

先輩メイドさんにお話を聞いたのですが、リュクス様のお母上は、魔眼の子を産んだことを気に病み、自ら命を絶ってしまったのだそうです。

お父上である当主様はそれ以来、一度もリュクス様とお話をされていないのだとか。

魔物に殺されてしまったとはいえ、お父さんとお母さんに愛された記憶は私の宝物です。

あの幸せだった日々を思い返すだけで、寂しい夜もへっちゃらになります。

しかし、リュクス様にはそんな大切な思い出が全くないみたいです。

誰かに愛された記憶がない。

それはどれほど孤独なのでしょう。

私たちにはリュクス様の奇行が、父親の愛を求める不器用なアピールに見えていました。

でも少し前から、リュクス様は様子が変わりました。

ビックリするくらい変わりました。

剣の修業を始め、さらに魔法の勉強まで！

比べものにならない変化です。強く、前に進んでいくことを決めたようにも見えます。

もう、過去を振り返るのはやめたのでしょうか？

ものの数日で見惚《みと》れるほど大人っぽい顔つきになられました。

『あんたら見習いはあの魔眼の子の面倒を見てな』

初めは先輩メイドさんに押しつけられる形でリュクス様のお世話をさせていただいていたけれど。

それは次第にわがままな弟の面倒を見るような感覚に変わり、今は、リュクス様を自分の一生を
捧《ささ》げる主《あるじ》だと思い始めています。

私は先ほど受け取った黒いサンドイッチを眺めます。

「捨てていいって。そんなことできる訳ないじゃないですか。だってこれは……リュクス様が初めて私にくださったものなんですから」

ちょっと嫌だったけど、私は黒いサンドイッチを食べてみることにしました。

ぱくり。

食感はあまりよろしくないけど、味はサンドイッチと全く同じで不味《まず》くないです。

「見た目は酷《ひど》いけど、結構美味しいですね……あれ？」

サンドイッチを飲み込んだ瞬間。

まるで甘いお菓子を食べた後のような、不思議な力が体に満ちているのを感じます。

「これは……どういうことなのでしょうか？」

なんと、私の手の平から炎のようなオーラがゆらゆらと出てきました。

なんだか不思議です。

まるで魔法のよう……って魔法じゃないですかこれ⁉

魔力ってヤツが溢《あふ》れ出てきているのではないですか⁉

「もしかして……あのサンドイッチを食べたせい？」

リュクス様。

愛する私のご主人様。

貴方の魔法は、リュクス様自身が思っている以上に物凄《ものすご》いものかもしれませんよ⁉

コピー魔法

「風魔法ですか？　ええ、使えますよ」

裏庭に出ると、洗濯物を干していたベテランメイド……ミラーさんがいた。

俺が魔眼ではなく普通の目になっていることが気になっているようだったが、こちらが風魔法についてて尋ねると、あっさりと頷《うなず》いた。

「貴族でもないのにどうして魔法を……ですか？　ええ、実はとある悪い貴族が平民の母に産ませた子が私なのです。そして捨てられたところをこの家に拾われた感じです。まぁ坊ちゃんには関係ない話ですが」

「……いや滅茶苦茶《めちゃくちゃ》話すじゃん」

さらっとトンデモない過去をお出しされて反応に困る。

ブレファンの世界では、全ての人間に魔力と呼ばれるエネルギーが存在する。

だが魔力を魔法という形で使うには、魔力神経という生まれ持った特殊なものが必要になる。平民で持つ者はごく僅《わず》かだ。

この魔力神経の質が魔法の才能や属性を左右する。

魔力神経は親から子へ受け継がれるが、貴族と平民の子ども――つまり親の片方だけしか魔力神経を持っていない場合、子どもに受け継がれる可能性は半分になる。

だからこそブレファン世界では、貴族同士が婚姻を繰り返しているのである。

母方が平民だったのに魔力神経を継承しているミラーさんは結構ラッキーな人だろう。

「さて洗濯物も干し終わりましたし、私の魔法を坊ちゃんに披露します」

「ちょっと楽しみ」

彼女が魔法の準備に取り掛かるのと同時に、俺は魔眼を起動する。

ただしミラーさんを怖がらせないように、右目だけこっそりとだ。

先日ジョリスさんに見つかった時の反省を活《い》かして、魔力も必要最低限まで抑え込む。

「あまりワクワクされても困ります。では――ヒートウィンド」

ミラーさんの手の平から白い風のエフェクトが発生し、洗濯物を揺らす。

「手の平から暖かい風を出す。私が使える魔法はこれだけです。まぁ洗濯物がふんわりするので、結構便利に使っています」

「いや、見せてくれてありがとう。勉強になったよ」

「それはよかったです」

「うん。それじゃ。ああそうだ……いつも洗濯ありがとう！」

ペコリと頭を下げて、俺は自分の部屋へと向かった。

「早くイミテーションで再現してみなくちゃな！」

早速覚えた魔法を試したいところだったのだが、「坊ちゃんは何より基礎。しばらく剣は握れないと思いなさい」と、ジョリスさんの鬼のトレーニングが始まった。

午前中は書斎で魔法の勉強。

午後は日が暮れるまでジョリスさんのしごき。

そんな生活が約一ヶ月続いた後。

「あの、ジョリスさん……剣の型とか練習しなくていいんですか？」

「何を言います坊ちゃん。聞けば坊ちゃんは魔眼で我らの動きをコピーできるとか？」

「し、知っていたんですね……」

「ならば型の練習など不要。その時間を基礎体力の向上に使うべきです。そんな嫌な顔をするものではありません」

言うと、ジョリスさんは急に俺の肩をぐいっと動かした。

「ふむ。関節の強度は増し、それでいて柔軟性も上がっている」

「えっと、それが何か？」

「どんな戦い方にも対応可能な体ができてきているということです。以前のように型に体がついてこない……なんてことはこの先なくなるでしょう」

「本当ですか！」

「とはいえ、実践からでしか学べないことがあるのも確か。いいでしょう。今日から一日の最後に一戦、模擬戦を取り入れましょう。ガラル」

「うっす」

ガラルと呼ばれた細身の男が前に出てきた。

俺は手渡された木剣を握り構える。

「では試合開始」

「へっへ。悪いが坊ちゃん。手加減はなしですぜえ」

「頼むぞ。こっちも本気で行く」

しばらく見合って。

先に動いたのはガラルだった。ジョリス以上のスピードで距離を詰め、剣を振ってくる。

「くっ――」

それを冷静に回避。

続けて攻撃を仕掛ける。だがガラルの華麗なステップで避けられる。

「へっへ、そんな単調な攻撃、当たりゃしませんよ」

確かに攻撃は外れたが、俺は嬉《うれ》しかった。

ジョリスの言う通り、体がちゃんと動いてくれる。以前のようなギリギリの感じが全くしない。

一ヶ月地獄の基礎トレーニングに耐えた甲斐《かい》があったという訳だ。

そして喜ばしいことに……この体は九歳でまだ発展途上。

どんどん強くなっていく。

伸びしろですね。

「へっへ、楽しそうですねぇ坊ちゃん」

「そりゃ、久々の模擬戦だからね。いろいろ試したいことが溜《た》まっているのさ」

「――っ⁉」

俺が魔眼を起動すると、ガラルの表情から余裕が消えた。

何かしてくるのかと警戒しているようだが……もう遅い。

「なっ……体が⁉」

魔眼を通じてスロウの魔法を掛けさせてもらった。これで移動速度は大幅に減少。

その隙を突いて一本取ろうとするが……。

「おっとおー」

「クソ……これでも当たらないのか⁉」

なんという回避力。

いや、今のは直感だ。

積み上げてきた戦いの経験値からなる危機回避能力。

俺の初動から攻撃を先読みしたのだ。

なら次は。

「イミテーション発動――デスサイクロン！」

俺は以前魔眼で解析したヒートウィンドをイミテーションで再現・改良したデスサイクロンを発

動。

手の平から放たれる黒い風のエフェクトが鈍くなったガラルの体を吹き飛ばす。

「ぐっあ⁉」

風に攫《さら》われ尻餅《しりもち》をついたガラルに軽く剣を当て、俺は一本を取った。

「勝者――坊ちゃん」

「坊ちゃん……まるで魔法剣士みたいでしたぜ。あれは闇の魔法ですかい？」

「はい。魔眼と闇魔法を組み合わせて、実践向けに調整してみました」

「ひゃー。あんなんやられたら俺ら兵士じゃ太刀打ちできませんわ」

「ガラルさんも本当に強かった。あの回避ステップ、見させてもらいました」

「はは……まさかあの一瞬でモノにしたなんてことは……」

「さて、どうでしょう？」

「かぁあ怖いねぇ、才能ってのは本当に怖い！」

ガラルさんと握手。

すると、ジョリスさんがこちらにやってきた。

「ガラル、油断していましたか？」

「いやいや、本気でぶっ倒すつもりでしたよ。ですが、勝てなかった」

「坊ちゃん、ガラルはこの訓練場でトップ３に入る実力者です」

「ええ⁉」

「そんなに驚くことはないでしょう坊ちゃん。もしかして『トップ3にしては弱過ぎない？』って思ったんですかい？」

「い、いやーそんなことは……」

「思ったんですかい⁉」

どかっと笑いが起きる。

「ご、ごめんなさい」

正直ちょっと思った。

「謝ることはないですよ。何故《なぜ》ならガラルが弱いのではなく、坊ちゃんが強過ぎるのです」

「でもまだトレーニングを始めたばかりですし」

「いや、坊ちゃん。あんたが毎日やってるの、兵士長の地獄のトレーニングだぜ？」

「あんなトレーニング、ここにいる誰も耐えられねぇよ」

周りで観戦していた兵士が同調する。

「え、そうなんですか？」

俺は疑惑の目をジョリスに向ける。

「私は何も悪くありませんよ？『いきなりこのメニューは厳しそうかな～？無理そうだったらちょっと優しいメニューに変えてあげようかな～？坊ちゃんが音を上げるところを見たいな～』と思って組んだ地獄のメニューを楽々こなしてしまう、貴方《あなた》が悪いのです」

「楽々じゃない！決して楽々じゃない！」

正直一日数回は「あ、これ死ぬかも」って思うタイミングがあるくらいキツいトレーニングだったんですけど!?

「ですが、私は坊ちゃんを最強の剣士に鍛えると決めました。これでも心を鬼にして、可愛《かわい》い坊ちゃんに試練を課しているのです」

おいちょっと待て。

いつの間に俺を最強の剣士にするなんて話になっている?

「という訳で明日からもっとキツいメニュー、行っちゃいますか」

「いやだあああああああああああ」

思いのほか強くなっているとわかって嬉しかった反面、明日から今以上に厳しいトレーニングが始まると聞いて涙が止まらない。

変身!?

魔法の勉強とトレーニングに明け暮れていたある日の朝。

朝食のために食堂に向かっていると、一人のメイド見習いとすれ違った。

「ええと彼女は……」

「あの子はウリアですね」

「そうだった。おはようウリア！」

隣を歩いていたモルガに名前を聞き、挨拶《あいさつ》をしてみた。

メイド見習いのウリアはビクッとしながら、こちらを振り返る。

「ひっ……」

ウリアは小さく悲鳴を上げて、走り去ってしまった。

え、ちょっと待って。その反応はメッチャ凹む。

そういえば前世でも、こんなことがあったかもしれない。

用事があってクラスメイトの女子に話しかけたら、泣かれたことがあった。

あの時は傷ついたな……うっ。思い出したら胸が痛くなってきた。

「俺、何かしたかな？」

「いいえ、普通の朝の挨拶だったと思いますけど」

「だよな。じゃあなんであの子は逃げちゃったんだろう？」

「リュクス様が怖かったんじゃないですか？」

「そんな訳な……いや。確かに」

廊下の窓に映る自分を見てみる。

ボサボサに伸びた髪。

前髪も長く、こちらの顔色を窺《うかが》いにくい。

トレーニングが忙し過ぎて後回しにしていたが、この見た目は結構ヤバいのかもしれない。

「た、確かに不気味かもしれないな」

「清潔感もないですよね～」

「ぐっ」

モルガは遠慮なく『男子が女子に言われて傷つく言葉ランキング』上位の言葉を口にした。

「で、でもお風呂《ふろ》は毎日入ってるし……」

「いやいや。清潔感って実際に清潔かどうかってことじゃないですから。相手がどう感じるかが重要なんですよ」

「マジか」

あれか？　生理的に無理ってやつなのか？

だとしたら一体どうすればいいんだろう。

「落ち込むことはありませんよ、リュクス様」

俺を落ち込ませた張本人であるモルガが何か言っている。

「こういうことに詳しい子を知っていますから。朝食の後、会いに行きましょう」

「ああ、わかった」


朝食後。

モルガに案内された先で待っていたのは、メイド見習いのメロンだった。

ファッションや美容に詳しく、メイド見習いたちのオシャレ番長的な女の子らしい。

言われてみればモルガや他のメイド見習いの子たちよりオシャレな雰囲気を纏《まと》っている。

年齢はモルガやウリアと同じく、俺の一つ上の十歳。

だが二人より、そこはかとなく落ち着いた雰囲気がある。

「なるほど。事情はわかりましたわ。もっさりした自分から脱却し、垢抜《あかぬ》けたいということですわね？」

俺はモルガの方を見て「なんて説明したの？」と目で訴える。

モルガは知らんぷりだ。おいこっち見ろ。

「リュクス様？　聞いていますの？」

「うん。聞いてる。聞いてるよ」

「お任せくださいリュクス様。私が必ずや、リュクス様を垢抜けたイケメン貴族にして差し上げますわ」

「えぇ～イケメン？　リュクス様は別に今のままでもよくない？　男は中身だよメロンちゃん」

「甘いですわモルガ。『男は中身』という言葉の裏側には『貴方、見た目は全然駄目だから中身で勝負するしかないですよ？』という意味が込められているのですわ」

「確かにそうかも」

「いいですか。中身がいいなんて当たり前です。大・前・提！」

「うわ～そこまで言っちゃう？」

「言っちゃいますわ。そもそも見た目が悪い人の中身なんて誰も興味ありませんわ」

「そうかも！」

「そうでしょう？　だから中身だけいいなんて意味がないのです」

「……」

女子の会話メッチャ怖いんだけど。

「でも……」

これから幸せな人生を目指す以上、前世の俺やゲームのリュクスと同じじゃ駄目なんだ。

髪ボサボサ前髪長過ぎ。猫背。体ガリガリ。

あのような不気味な見た目になる訳にはいかない。こんな姿を推しキャラたちの目に晒《さら》すのも失礼だ。

前世では学校で「人はみんな平等！」という教育を受けてきた。

けど実際はどうだった？

見た目がいい奴が得をしていることが圧倒的に多かったはずだ。

前世で陰キャとして過ごしてきた俺としては『お洒落《しゃれ》』ってワードだけで拒否反応が出てくるのだが……変わりたい。

前世の俺からも。ゲームのリュクスからも脱却したい。

これはその、千載一遇のチャンスなのかもしれない。

なら、全力で掴《つか》みに行く。

「頼むメロン。俺の見た目を改善する方法を教えてくれ」

ゲームの薄気味悪いリュクスも、前世の青白くて不気味な俺も、逆に滅茶苦茶《めちゃくちゃ》目立っていうことは身に染みてわかっている。

モブを目指すからには、まずまともな見た目にチェンジする必要があるのだ。

「よく言えましたリュクス様。その決意だけで、一歩前進ですわ」

「ありがとう。で、具体的にはどうすればいい？」

「そうですわねぇ……」

メロンは俺の全身をチェックする。

「ここ一ヶ月のトレーニングのお陰でしょうか？　筋力が上がり、姿勢や体付きは格段によくなっていますわ」

そうか、メロンは俺が転生してくる前のリュクスも知っているのか。

確かに転生直後と比べれば、体付きはかなり男っぽくなっている。

「食事もちゃんとしてるから、顔色もいいよね」

「ええ。後は肌ですわね」

「肌？」

「はい。厳しいトレーニングを重ねているからか、多少荒れていますわ」

「でも男だし、まだ若いし肌なんてどうでも……ひっ」

ギロリとメロンに睨《にら》まれた。

「男性でも肌は重要ですわ。わかりますわよね？」

「は……はい。わかります。で、どうしたら？」

「これからは毎日、お風呂上《ふろあ》がりに私がスキンケアをして差し上げますわ」

「す、スキンケア？」

聞いたことはあるが、前世では全く縁のなかった言葉だ。

一体何をするのだろうか。

「後は？」

「髪と眉毛《まゆげ》ですわね」

「髪は鬱陶《うっとう》しいからわかるけど、眉毛？」

「はい。殿方の顔は眉毛でかなり印象が変わります。私が、リュクス様に一番合った形に整えて差し上げますわ」

「できるんだ」

「当然ですわ」

誇らしそうに胸を張るメロン。

どうやら美容系にはかなり自信があるようだ。

しかし眉毛か。

転生前は「男が眉毛なんて！」と思っていたが、そういえばクラスの陽キャ男子たちが『眉毛サロン』なる場所について語っていたことを思い出す。

四、五千円かかると聞いて「馬鹿らしい」と思っていたが、そうか。男の印象って眉毛で結構変わるのか。
今思うと、モテる男子たちって相当努力してたんだな。

周回遅れどころか生まれ変わってしまったが、今からでも頑張ろう。

格好良くなれるなら、それに越したことはないからな。

「わかった。メロンに任せる。俺の髪と眉毛をよろしく頼む」

「もちろんですわ！　リュクス様を理想のご主人様にしてみせますわ」

ご機嫌な表情でハサミと櫛《くし》を取り出したメロンに、俺は全てを委ねるのだった。


次の日の朝。

「完璧《かんぺき》ですわ、流石《さすが》リュクス様！」

メロンに朝のスキンケアと髪のセットをしてもらった俺は、メイド見習いのウリアを待つ。

普段は午前中、俺の外出中に部屋の掃除をしてくれているらしい。

ならばと、部屋の前で待機していた。

「今日こそちゃんと挨拶をしよう」

自分で言うのもなんだが、メロンに頼んだお陰で、俺は大分変わったと思う。

肌に関してはまだ効果はわからない。

だがメロン曰《いわ》く「継続は力ですわ！」とのこと。

毎日続けることで、何もしていない連中との差はどんどん開いていくのだとか。

そして髪型と眉毛。

メロンの腕は確かで、生まれ変わったような気がした。

いや、実際違う世界に生まれ変わったんだけどさ。

どことなく妖怪《ようかい》っぽかった見た目から、爽《さわ》やかな貴族の少年にランクアップした感じだ。

正直ここまで変わるとは思ってなかった……というか、普通にイケメンなんですけど？

俺（前世）とリュクスはブサ面仲間だと思ってたのに、裏切られた気分なんですけど？

ちゃんと整えればカッコいいくせに、なんて勿体《もったい》ない奴なんだ。

とつい愚痴ってしまったが、魔眼を封じていることと合わせて、もうこれまでのリュクス・ゼルディアとは別人だ。

これなら、少なくとも見た目で拒絶反応を起こされることはないだろう。

「リュクス様」

「来ましたわよ」

「……っ⁉」

「やぁ。おはようウリア」

部屋までやってきたウリアに爽やかに挨拶してみた。

「あ？　う？　え？　もしかして……リュクス様ですか？」

「うん。イメチェンしてみたんだ。どう、似合ってる？」

「に……あ……うう」

「……？」

ウリアは顔を真っ赤にすると「あうあう」と譫言《うわごと》のように何かを呟《つぶや》いた。

な、なんて？

全然聞き取れなかった。

「えっと……」

俺が次の言葉に迷っていると、スタスタとモルガの方に駆け寄るウリア。そして、モルガに何か耳打ちしている。

「ゴニョゴニョ」

「うんうん。ほうほう……」

「ゴニョゴニョ」

「なるほどー」

その耳打ちに、うんうんと頷《うなず》くモルガ。

いや、何を話してるの？

「似合ってるそうですリュクス様ー！」

「そ、そうなんだ。それはよかったよ。ってか」

ウリアの様子から、気付いたことがある。

「もしかしてウリアって、物凄《ものすご》く人見知りな子だったりする？」

「……」

「「はい」」

コクリと頷くウリア。そしてモルガとメロンも。

なるほど。

それじゃあ昨日避けられたように見えたのも、本当は人見知りが発動してのことだったのか。

俺が生理的に無理って思われた訳じゃないんだな。

「ってか、知ってたなら教えてくれ～」

昨日の頑張りはなんだったんだ。思わず脱力し、座り込んでしまう。

「あら。よろしいではありませんか」

「そうですよリュクス様！　とっても格好良くなられましたよ！」

「……！」（コクリと頷くウリア）

「そ、そうかな？」

好意的な目を向けられてちょっと……いや、かなり嬉《うれ》しい。

こんな風に身なりを整えておくことも、悪役を辞める上で大事な要素だったんだな。

「メロンのお陰でモブ化計画は一歩前進かな」

この日以降しばらく、使用人たちに「誰⁉」と驚かれることになるのだった。

二章　ヒロイン登場

リュクス・ゼルディアに転生してから三ヶ月。

夏になった。

俺はゼルディア家の領地で観光名所でもある旧都グランローゼリオにいる。

ローグランド王国以前に存在した王国の首都だった街で、今も当時の建築物や文化が色濃く残っている人気の観光スポットだ。

日本で言うと京都のような場所だろうか。

そんなグランローゼリオに、俺とジョリスさん、そして兵士の皆さん共々やってきていた。

もちろん観光ではない。

山に大量発生したエテザルという魔物を殲滅《せんめつ》するためだ。

グランローゼリオの観光財源はゼルディア家に莫大《ばくだい》な収益をもたらす。それを邪魔するものを放置しておく訳にはいかないのだ。

とはいえ一般人には脅威な魔物であっても、俺たちにとっては大した敵ではなかった。

当初は一ヶ月かけて行う予定だった殲滅作戦も一週間程度で終わってしまった。

無事に終わってよかったと喜んだのだが、ジョリスさんだけは「これでは坊ちゃんの修業になりませんね」と残念そうだった。

せっかくの旧都なのに全然観光もできず、明日の朝には出発となっている。

屋敷のみんなへのお土産を購入した俺とジョリスさんはディナーまでのちょっとした時間を持て余し、ホテルのロビーで雑談をしていた。

その時、一人の女性が話しかけてきた。

「もしかして君、リュクスくん？」

柔らかい女性の声。

一瞬で身構えたジョリスさんだったが、声の主を見て態度を改めた。

「これはこれは……エレシア様」

そして、恭《うやうや》しくお辞儀した。

エレシア・コーラル。

桃色の髪をした優しげな美少女。

この時点だと十五歳のはずだが、それでも男の目を釘付《くぎづ》けにするほどの抜群のスタイルを誇っている。主に胸部の成長が凄《すさ》まじい。

彼女はゼルディア家に並ぶ御三家の一角コーラル公爵家のご令嬢で、リュクスとも幼い頃から面識がある……はずだ。

変装のためにしているのだろうサングラスから覗《のぞ》く瞳《ひとみ》が、興味深げにこちらを見つめていた。

まさかのゲームキャラ登場に、心臓が高鳴るのを感じる。

「お、お久しぶりですエレシア様」

俺もジョリスさんに倣《なら》い、頭を下げる。

リュクスの兄であるデニスと同い年で、現在は王立学園の一年生。

観光地に来ているところを見る限り、もう夏休みに入ったのだろう。

ちなみにブレファンの学園は四月入学の三月卒業という日本と同じスケジュールである。

「やっぱりリュクスくんだったた。雰囲気が変わったから、最初は誰だかわからなかったわ。とても格好良くなって……お姉さん、ちょっと感動かも」

「ありがとうございます」

真正面から褒められて、顔が赤くなるのを感じる。

「お兄さんも今の君を見たらきっとびっくりするわ」

「兄と言えば……兄がいつもお世話になっております」

「こちらこそ。いつもデニスくんには助けられているのよ」

「本当ですか？」

「ふふ、本当よ」

リュクスの兄であるデニスは所謂《いわゆる》無能キャラだったはずなので、絶対に社交辞令だろう。

だが、そう感じさせない物言いは素直に凄《すご》いと思った。

「そういえば、エテザル討伐の知らせを聞いたわ。リュクスくん自ら指揮を執ったとか」

俺はジョリスさんの方を振り返る。何故《なぜ》なら実際に現場を指揮していたのはジョリスさんだったからだ。

目が合うと、ジョリスさんは静かに目を伏せた。話を合わせろということだろう。

「はい。初めてだったので緊張しましたが、兵士長の指導の下、無事被害が出る前に魔物を駆除できました」

少しぎこちない言い回しだが許してほしい。

俺も初めてゲームのネームドキャラ……しかも美女に遭遇して緊張しているのだ。

転生前の俺ならキョドって何も話せなかっただろう。

ここ三ヶ月、モルガたちと過ごして、多少女性と会話することに対して免疫がついたようだ。

うん、成長してるぞ俺！

「あら、謙虚なのね。お兄さんとは大違い……って、これは失言だったわね。デニスくんには内緒よ？」

「はい。兄には今日のことは言いません」

ぺろりと舌を出して笑うエレシア様。

はい可愛《かわい》い。思わず好きになってしまいそうだ。

ゲームでも魅力的なキャラクターだったが、こうして目の前にすると破壊力が凄まじい。

おそらく多くの男子たちの初恋を奪っているのだろう。

「本格的に剣を学び始めたと聞いてはいたけど、本当に変わったのね。見た目も中身も、去年とは見違えたわ。頑張ったのね」

そう言ったエレシアの言葉に、思わず泣きそうになった。

今までの頑張りが報われた……とまで言うつもりはないけれど、それでも真面目に生きようと頑張ってきたことは正しいのだと言ってもらえたような気がして、胸が熱くなった。

間違ってない。このまま頑張れば、きっとゲームのリュクスとも前世の俺とも違う道を歩むことができる。

「どうかしたの？」

「いえ、なんでもありません」

「そう？　でも本当に見違えたわ。学園に入ったらモテモテになっちゃうかも」

「はは、そんなまさか」

「そうだ。今日はエリザも来ているのよ。エリザにもカッコよくなったところ、見せてあげたら？」

「え、エリザも？　あのエリザもですか⁉」

「ええ。ほら、あそこに」

エレシアの示す方を見ると、柱に寄りかかりつまらなそうにしている少女がいた。

ま、まさかこんなに早くお目にかかれるとは……！

エレシアの妹で同じくコーラル公爵家の令嬢、エリザ・コーラル。

彼女こそ、五人いるブレファンの攻略ヒロインの一人である。

現在の年齢は俺と同じ十歳。

姉のエレシアと同じ桃色の髪だが、エリザは可愛らしいサイドテール。目は若干ツリ目気味で、所謂《いわゆる》ツンデレヒロインである。

「ちょっとエリザ～。リュクスくんに挨拶《あいさつ》しなさ～い」

「……ふん」

優しい姉の言葉をそっぽ向いてシカトするエリザ。

本物キタアアアアア‼

いいね～。エリザはああでなくては！　主人公以外には決してデレない。それこそ俺が大好きなエリザ・コーラルである。

リュクスである俺ににこやかに挨拶してきたらどうしようかと思ったぜ。

「ごめんなさいね。最近のあの子、誰にでもあんな感じなのよね」

「別に構いませんエレシア様。それにあまり大声を出すと、周りに気付かれてしまいます」

「そうね……。全くもうあの子ったら。勝手についてきたと思ったらずっと不機嫌で……困っちゃうわ」

「勝手についてきた？」

俺の疑問に「待ってました」とばかりに微笑《ほほえ》むエレシア。

「そうなの。実はこの後、殿下とディナーなの」

「殿下と⁉」

「キャー言っちゃった言っちゃった！　内緒よ、絶対内緒なんだから！」

顔を真っ赤にしてキャーキャー言うエレシア。はい可愛い。

突然だがここでコーラル姉妹の複雑な恋愛事情を解説しよう。

まず殿下こと、この国の王子であるルキルス・スカーレットとエレシア・コーラルは同級生で両思いの恋人同士である。

十歳の時のパーティーで初めて出会い即、恋に落ちた。学園入学以降は毎日のようにイチャイチャし、卒業と同時に婚約する。

ところが実は、妹であるエリザ・コーラルも王子であるルキルスに片思いしていて、姉に対抗心を燃やしているのだ。

ルキルス王子からは恋愛対象外として全く相手にされていないが、姉のエレシアはエリザからすれば恋のライバルだ。

いや、改めて整理してみると全然複雑じゃない、ただのエリザの横恋慕だったわ。

エリザは、姉と王子がこのグランローゼリオでお忍びデートするという情報を聞きつけ、わがままを言ってついてきたのだろう。

そして、お忍びだというのにわざわざ俺に声をかけてきた姉エレシアの狙いも読めてきた。

おそらく、デートに邪魔なエリザを俺に押し付けようとしているのだ。

でなければ、お忍びで来ているのに俺に声をかけてくる訳がない。

ゲームでは見えなかったエレシアのちょっと腹黒い部分が見えてきて複雑だが、俺としてもヒロインに接触できたのは幸いだ。

何故ならゲームでのリュクスはエリザとの仲が最悪だったから。

エリザルートではそれが原因で主人公と対立し、リュクスは大事件を起こす。

その結果、エリザと結ばれた主人公に、物語中盤で殺されることになる。

もちろん悪役を辞めた俺は敵対することは一切ないが、エリザから一方的に嫌われてしまっては元も子もない。

万が一の死亡フラグを避けるために、モブとして当たり障《さわ》りのない程度に、エリザとエレシアからの印象を上げておこう。

「エレシア様。エリザをしばらくお借りしてもよろしいですか?」

「エリザを?」

「はい。久々に会ったのでいろいろと話したいこともありますし、何より一緒に遊びたいのです」

「でも……」

エレシアは心配そうにエリザの方を見る。

まぁ、そういう演技だろう。内心では俺の申し出を喜んでいるはずだ。

何せ、エリザと俺が遊んでいれば、殿下と二人きりになれるのだから。

そこに、ジョリスさんが割って入った。

「ご心配なく。私が護衛をしておりますので。妹君は命に代えてもお守りいたします」

「それなら安心だわ。じゃありュクスくん。エリザと仲良くね……ああ、それにしても。君は本当に見違えたわね。まるで別人みたい」

エレシアはにっこりと笑う。

そして、俺の耳元で囁《ささや》いた。

「私もわがままな妹じゃなくて、君みたいに賢い弟が欲しかったな」

それはこの世界で初めて聞いた、ぞっとするほど甘く、優しい声だった。


ブレファンの攻略ヒロインは全部で五人。

その中でもエリザ・コーラルは異色のキャラクターだ。

何しろゲーム開始時、主人公以外の男――ルキルス王子に恋をしている。

容姿も性格も能力も全て自分より上の完璧《かんぺき》超人である姉エレシアに物凄《ものすご》い劣等感を抱いている少女。

一挙手一投足を姉と比べられ、貶《おとし》められて彼女の性格は歪《ゆが》んでいく。

元々攻撃的だった性格はより凶暴になり、周囲の人間を言葉で傷つける。

それは主人公に対しても例外ではなかった。

二人の出会いは最悪も最悪。

しかし、反発し合っていた二人はふとしたきっかけから互いを意識するようになる。

姉エレシアを知らない主人公は、エリザと姉を比べることなく、純粋にエリザのいいところを好きになっていく。

学園でのイベントを過ごしていくうちに惹《ひ》かれ合う二人。

そして、ついに主人公がエリザへ告白しようと決意したその時、姉エレシアの死という衝撃的な事件が起きる。

王子の次の婚約者に選ばれたのは妹のエリザ。

コーラル家のためにもこの婚約は避けられない。

だがエリザの気持ちはもう主人公に向いていた。

どうする主人公⁉　どうするエリザ⁉

「いやー最高のストーリーだぜ！」

「急にどうしました坊ちゃん⁉」

「す、すみません取り乱しました」

ジョリスさんに突っ込まれて我に返る。

いけない、あの感動的なエリザルートを思い出し、つい興奮してしまった。

ともかく、エリザをエレシアと王子から引き剥《は》がす必要がある。

俺は柱に寄りかかりつまらなそうにしているエリザの下へ向かう。

涼しげで可愛らしいワンピースに身を包んでいることから、王子と会うにあたって目一杯お洒落《しゃれ》してきたとわかる。

そんなエリザの邪魔をしてしまうと思うと胸が痛むが仕方がない。

でも大丈夫だ。

君は五年後、主人公と出会い本当の恋に落ちる。

誰もが羨《うらや》む大恋愛をする。

だからどうか、今は耐えてくれ。

まぁ……主人公が五人のヒロインのうち誰を選ぶかはわからないけど、それは置いておいて。

「久しぶりだねエリザ。元気だった？」

「……？」

俺の声に振り返るエリザ。そして訝《いぶか》しげにこちらを見つめて……。

「いや誰よ？」

「俺だよ俺。リュクス・ゼルディア」

「は？　アンタがあのリュクスぅ？　へぇ、随分雰囲気が変わったじゃない」

ニヤニヤしながら俺を値踏みするような視線をぶつけてくる。

普通なら気分を悪くするところだが、相手があのエリザならそんなことはない。

憧《あこが》れのゲームキャラ。しかもヒロインだ。

どんな態度をとられても「あ、これゲームで見たやつ！」という感動につながる。

むしろ「ああエリザならそうするよね！」って解釈一致過ぎて興奮すら覚える。

ああ俺って今、本当に『ブレイズファンタジー』の世界にいるんだな。

「っていうかアンタ、あのキモい魔眼はどうしたのよ？」

「実は封じ込められることがわかってね。最近はこうして普通の目にしているんだ」

「あっそう。もっと早くできていれば、みんなに嫌われることもなかったのに」

「あっ……ああ」

「は？　何よ？」

「心配してくれていたんだね……なんて優しい」

「はっ!?　はあああ!?　アンタの心配なんて誰もしてないんですけど!?　ニヤニヤしてんじゃないわよ！」

「うんうん」

「だからニヤニヤすんなって言ってんのよ！」

「痛っ……やったぜ！」

「ねぇ。思わず叩《たた》いちゃったけど、アンタ本当に大丈夫？　一緒にうちの領地のお医者様のところに行く？　怖いならついて行ってあげてもいいわよ？」

おっとテンションが上がり過ぎて心配されてしまった。

流石《さすが》にこれ以上はやり過ぎなので、自分を抑えよう。

「遠慮しとく。ところでエリザはどうしてグランローゼリオに？　お姉さんと二人で旅行？」

「違うわ。殿下に会いに来たのよ」

「殿下？　ルキルス殿下がここに？」

惚《とぼ》けて聞いてみる。

「ええ。お姉様ったら私が殿下のことを好きなのを知っていて、黙って二人で会う約束をしていたのよ。許せないわ」

「黙って会う約束をしたってことは、二人はもう恋人なんじゃないのか？　それを邪魔しちゃ悪いよ」

「なんで?」
「なんでって……」
あれなんでだろう。うまい言葉が出てこない。
こうもまっすぐに恋している少女を、果たして俺が止められるのか。
さてどうやってエリザを納得させようか。
そう思っていると、ロビーの方から、まるでモデルのような男が歩いてきた。
燃えるような赤い髪の長身の男。
あれこそがこの国の王子、ルキルス・スカーレットだ。
変装しているものの、溢《あふ》れる高貴なオーラまでは隠せていない。
殿下がエレシアに声をかけると、彼女の顔がぱっと明るくなった。
俺と話していたお姉さん的な表情とは違う、恋する乙女の表情に思わず見惚《みと》れた。
「ちょっ」
そして思わず声が出た。
二人は抱き合うと見つめ合い、キスをした。
おいおい……毎日学園で会っていただろうに……節操ないな。
エリザだってまだここにいるのに。
いや……。
これは、敢《あ》えてエリザに見せつけているのだろう。

王子は私のものだと示しているのだ。

「何よあれ……最低」

エリザがそう呟《つぶや》いた。

思わず横を見やると……うわぁ。

顔を真っ赤にして目に涙を溜《た》めながら、それでもまっすぐに自分の姉と王子の姿を睨《にら》んでいた。

エリザの心がぐしゃりと潰《つぶ》れる音が聞こえた気がした。

「やっぱり……私じゃ駄目なんだ。お姉様には勝てないんだ……。お勉強も。魔法も。ダンスも。見た目も。恋も。全部……全部……勝てないんだ」

常に優秀な姉と比べられてきたエリザの心の闇が漏れ出した。

そもそも年の差が……なんて言葉は、今の彼女にはなんの励ましにもならない。

彼女の生きてきた環境は彼女にしかわからない。

だがそれでいい。優秀な姉への劣等感に苛《さいな》まれながら学園に入学し、君は主人公と出会うのだから。

あと五年。あと五年の辛抱だ。

「ちょっと長いな……」

あと五年。

その間には王子とエレシアの婚約というイベントも待っている。耐えられるか？

エリザがじゃない……。エリザは強い子だ。

耐えられる。耐えられてしまうのだ。

ゲーム内の彼女を思い出す。

初めて主人公とエリザが出会うイベント。

仕事で学園を訪れていたエレシアに見惚れていた主人公に、エリザが頭から水をかけるのだ。

歪んでいると思った。

ゲームでは「これもキャラクターの個性だよね！」と思っていたが、実際にまだ幼く、そこまで性格が曲がっていない今のエリザを前にすると、尚《なお》のことそう思う。

姉と比べられて傷ついて。

五年間も劣等感に苛まれ、性格がどんどんねじ曲がっていく。

それでもエリザは耐えるのだ。

だから今、耐えられるかどうか心配しているのはエリザのことじゃない。

俺だ。

こんなにまっすぐに恋をしている子が負け続けるのを、黙って見ていられるのか？

そのうちいい人が来るからと、黙っていることができるのか？

いや無理だ。

「こんな惨めな気持ちになるのなら、来るんじゃなかったわ。私がお姉様に勝てるはずがないのに
……」

「いや、そんなことはない」

「は？」

俺の言葉に突っかかるようにエリザが吠《ほ》えた。

「君はお姉さんに負けてない」

「アンタが私の何を知っているっていうのよ？」

「知ってるよ。君のことなら全部知ってる。お姉さんにはない君のいいところ、俺が全部知ってるから」

「ちょっとキモいけど……ふん、いいわ。今日は特別に聞いてあげる。お姉様に私が勝っているところ、聞かせてくれるかしら？」

「貴族として領民を守るために、得意じゃない剣と魔法を頑張っているのを知っている。自分の従者に身分関係なく平等に接しているのを知っている。動物や小さい子に優しいのを知っている。ふと笑った後に照れ隠しで睨んでくるのがすごく可愛《かわい》いのを知っている。強い言葉を使うけど、言った後に言い過ぎたと後悔して反省しているのを知っている」

いつも強がって凜々しい表情を作っている君が、主人公（俺たちプレイヤー）だけに見せてくれるひまわりみたいな笑顔。ほんの僅《わず》かしか見られないその笑顔に、俺たちはどうしようもなく魅了されるのだ。

意地っ張りで素直じゃなくて……だけど頑張り屋で弱い者に優しい。

「完璧《かんぺき》とはほど遠いのかもしれない。けど俺（たちプレイヤー）はそんな君のことが大好きなんだ！　俺が、俺たちが保証する。エリザは魅力的だ！　エレシア様にだって負けてない！」

実際ブレファンでのエリザの人気はかなり高い。

ヒロイン個別のストーリーなら、俺はエリザルートが一番好きだ。

グッズも沢山出ているし、発売されたフィギュアは現在ではプレミア価格だ。(俺も持ってる)

どうか自信を持ってほしい。

「だから二度と自分を姉以下のゴミクズだなんて卑下するな！」

「私そこまでは言ってないわよ⁉」

あれ、そうだったか？

「はぁ……なんかアンタがキモ過ぎてどうでもよくなってきたわ」

「酷《ひど》くない⁉」

頑張って推しへの愛を語ったのに！　ちょっと恥ずかしい。

「ふふっ。でも元気出た。……ありがとう。嬉《うれ》しかったわ」

「そりゃよかったよ」

エリザの素直な態度にキュン死しそうになるのをなんとか堪《こら》える。

その恥ずかしそうな笑顔……反則過ぎる。

まるでゲーム終盤、好感度ＭＡＸの時のひまわりのような笑顔だった。

「さてそれじゃ、エリザが元気になったところで。あのイチャイチャな雰囲気をぶち壊すか」

「え？　ちょっとアンタ……何する気よ⁉」

俺はエリザの手を引くと、殿下とエレシアの前に出た。

「ごきげんよう殿下。我がゼルディア家の領地、グランローゼリオは楽しんでいただけていますか？」

若いとはいえ一国の王子。隠しきれない高貴なオーラに気圧《けお》されながらもなんとか言葉を絞り出す。

無我夢中でイチャイチャしていた二人は気まずそうに出迎えてくれた。

「お、おおエリザ。それと君は……もしかしてリュクスくんか？　エテザル討伐の件は聞いているよ。見違えたね！」

予想通り、御三家のリュクスは殿下とは面識があるようだ。

取り繕うような殿下に精神的に優位になったと確信した俺は、四人で食事でもどうでしょうか？と誘ってみた。

「共にこの国の将来について語りませんか？」

「そ、それはいい考えだ。いいかなエレシア？　二人を同席させても」

「ええ、殿下が決めたことでしたら構いません。エリザも殿下とお話ししたがっておりましたし。ね？　エリザ？」

「は……はい」

怖ぇえええ。エレシア様の笑顔怖ぇえええええ。

「では席を増やさせよう。間に合うといいんだが。失礼、一旦《いったん》席を外させてもらうよ」

そう言って殿下はレストランの方へと向かっていった。

その背を見送っていると、エレシアがそっと耳打ちしてきた。

「君はもう少し賢い子だと思ったんだけどなぁ」

イチャラブを邪魔された怒りが伝わってくる、とても冷たい声だった。

「子どもだから、わかんない」

敢えて子どもっぽく、そう返しておいた。

正直、どうして自分でもこんなことをしたのかわからない。

陰キャ特有の、他人の幸せをぶち壊したいという衝動だろうか？

いや、違う。

エリザを泣かせた二人に、一矢《いっし》報いたかったのだ。

エレシアからの好感度なんてもうどうでもいい。俺の使命は推しの笑顔を守ることだ。

「まぁいいわ。もうあの子は大丈夫みたいだし」

「……？」

姉の圧に震えるエリザを見つめながら、エレシアは何か思わせぶりなことを言った。

「もうエリザったら。せっかく殿下と二人きりのデートだったのに〜」

そしてエリザの方へ戻る頃にはいつものエレシアになっていた。

きっとこの件で、エレシアの中でのリュクスの評価は地に落ちただろう。

でも、実はエレシアにとっていいこともあるんだぜ？

ゲームでは五年後に悲惨な死を遂げるエレシアだが、少なくともこの世界において死ぬことは絶対にないのだから。

ゲームではあり得なかった殿下との結婚も叶《かな》うだろう。

だから今くらいは、ほんのちょっと二人の間を邪魔することを許してほしい。

え？　何故《なぜ》死なないって言い切れるのかって？

そんなの、エレシア殺害の真犯人がリュクスだからに決まっているじゃないか。

エリザSIDE

殿下以外の男など眼中になかった私にとって、リュクス・ゼルディアは魔眼を持って生まれた気持ち悪い奴以外の認識はなかった。

御三家の一員で、同い年ということもあって一年に一回は何かしらの催事で会うこともあったけれど、一緒に遊んだ記憶もなければ深い話をしたこともない。

印象に残るのは邪悪に輝く魔眼だけ。

持って生まれた不幸にいつまでもウジウジしている。

私の中のリュクス像はそんな感じだった。

だから魔眼を封じ、綺麗《きれい》な青い瞳《ひとみ》をしたリュクスに声をかけられた時、一体目の前の男の子が誰なのかわからなかった。

目だけではない。

見た目も立ち振る舞いも言葉遣いも全てが見違えて、まるで別人のようだった。

お姉様に聞いた話では、グランローゼリオに出現したエテザルを討伐したらしい。

エテザルといえば非常に知能が高く、そのくせ繁殖能力も高い厄介な魔物だと聞いている。

それを一週間足らずで全滅させ、観光地の平和を守った。

並の貴族なら一生自慢するレベルの功績を僅か十歳で挙げておきながら、それを一切ひけらかすことはしなかった。

人間、一年でここまで変われるものなのかと希望が湧いてくる。

いつか自分もお姉様より優秀な人間になって、殿下を振り向かせたい。

心のどこかで叶わぬ夢と思っていたことが、リュクスを見て「できるのかもしれない」と思った。

頑張っていく勇気を貰《もら》えた気がした。それなのに——

『けど俺はそんな君のことが大好きなんだ！』

リュクスの言ってくれた言葉が頭から離れない。

おかしい。

憧《あこが》れの殿下を交えたディナーの最中だというのに、気になるのはリュクスの方ばかり。

人と話すのが得意じゃないくせに、私のことを話題の中心にしようとして空回っている。

ふとフォークを持つリュクスの手に目をやりながら、さっき自分の手を引いてくれた時のことを思い出す。

まだ小さいが剣の修業をしているからだろう、ゴツゴツして硬い手。

触れた手から僅かに男らしさを感じて、胸が熱くなる。

心臓の音が、いつもより大きく聞こえる。

「さて、それじゃあ今日はお開きにしようか」

殿下を見送っている最中、小声でリュクスが言った。

「何やってんだよエリザ……全然喋《しゃべ》ってないじゃん」

「うるさい……」

自分でも信じられないほど弱々しい声が出て驚く。

それでも自分の胸の内を悟られたくなくて。

「せっかく俺が殿下との仲を取り持とうと頑張って……」

「うるさいうるさいうるさい‼　こっちも混乱してるのよ！　バカ！　バカー！」

ああ違う。こんなことを言いたい訳じゃないのに。

自分の気持ちがコントロールできない。

こんなんじゃまた嫌われて……ってなんでコイツはニコニコしてるのよ⁉

それでこそエリザって……またわかったようなこと言って……。

もうっ。

「それじゃ、俺はこれで」

「ええ、今日はありがとう。とても楽しいディナーだったわ。ほらエリザも」

「き、今日はありがとう……き、気をつけて帰りなさいよ」

「うん。ありがとう」

そう言ってリュクスと別れた。

「はぁ……せっかくの殿下とのディナーが台無しね」

つまらなそうに呟《つぶや》くお姉様の後に続きながら「次に会えるのは十年祭かしら？」と呟き溜息《ためいき》をついた。

別れてからまだ数分だというのに、次に会える時が、楽しみで楽しみで仕方がないのだ。

三章　兄の帰還

旧都グランローゼリオから屋敷に戻ると、俺の部屋は汚部屋と化していた。

どうやら留守中、モルガを含むメイド見習いたち五人の溜《た》まり場になっていたようだ。

「どういうことか説明してくれるか？」

「ああ、それはですね～」

大して悪びれることもなく、モルガが理由を語った。

どうでもいいけどコイツら、メイドって割には俺に対する忠誠心とかないよな。

いや俺も前世は庶民だし、メイドに対して威張りたいとかないけどさ。

「魔法の練習なんてここでしかできないじゃないですか？」

「あ～なるほどね」

俺がイミテーションで複製したサンドイッチを食べてから、モルガは何故か魔法が使えるようになった。

そもそもなんで食ったのかは置いておいて、とにかく貴族でもなければその血筋でもないのに、魔力神経が覚醒《かくせい》……魔法を使えるに至ったのである。

モルガはそのことを秘密に……する訳でもなく、同僚であり友人の他のメイド見習いに話したのだ。

「リュクス様の作ったご飯を食べると魔法が使えるようになるよ」と。

その結果、「ずるい！」「私にもください」「メシ！」と何故か他のメイド見習いにもコピー料理を振る舞うこととなった。

それがグランローゼリオ遠征前の出来事。

そして無事に魔法を使えるようになったらしい。

これは一体どういうことなのだろう。

俺の作った食事を食べると魔力神経が作られる？　それとも元々この子たちが持っていた魔力神経が俺の魔力を摂取したことで起動した？

ゲームの知識も総動員してみたが、思い当たる設定や機能はない。

なので本人たちに話を聞いてみたのだが。

「なんか食べると力が漲《みなぎ》ってくる感じがするんですよね～」

あまり参考にならなかった。もしかすると、ゲームで言うところの『レベルアップ』のようなことが起きているのかもしれない。

『ブレイズファンタジー』ではレベルが上がると新しい魔法を習得したり、スキルを覚えたりすることができた。

現状転生後のこの世界でレベルとかそういったものは確認できていないが、確認できないだけで似たようなことは起きているのかもしれない。

ということは、俺のコピー飯はレベルアップアイテムということになる。

「まあ俺は食べても何も起こらないんだけどね」

世紀の大発見のようなコピー飯だが、自分が強化できないのであれば、一体何の役に立つというのか。

他人を強化してもしょうがないし。

「ほら、見てくださいリュクス様。ファイヤーボール」

「だから部屋の中で撃つなよモルガ！　あとお前の属性炎なの⁉　ズルくない⁉」

羨《うらや》ましい……俺もできれば炎属性がよかった。

そうだ。それよりも前に、コイツらに聞きたいことがあるのだ。

「なぁ、兄さんは帰ってこなかったのか？　見かけなかったんだけど」

リュクスにはデニスという五歳年上の兄が存在する。

同級生であるエレシアたちが既にバカンスを楽しんでいるのだから、とっくに夏休みに突入しているはずなのだが……。

「それでしたら、先日このようなお手紙が届きました」

すると、メイド見習いたちの中でも一番真面目な少女デポンがすっと手紙を取り出した。

黒髪でメガネのクールな子だ。

促すと、手紙を読んでくれた。

非常に長ったらしい文章で、読み終わる頃にはデポンも疲れていた。

「要約すると『魔法の成績がヤバくて補習を受けていた』ということですね」

頭が痛い。

デニス・ゼルディア。

リュクスの兄でゼルディア家の跡取りであるが、ゲームには登場しないキャラクターである。

それどころか設定があったのかも怪しい。

そのため使用人たちから聞いた印象しかないが、少なくとも優秀な人物ではないのだろうなということが窺《うかが》えた。

あまり考えたくはなかったが、魔法の授業で補習を受けているという話でそれは現実となってしまった。

ブレファンでも補習に関するイベントがあるが、あれを受けていたのはまともに魔法を使えないようなレベルのキャラたちだった。

つまり兄の魔法のレベルはその程度ということ。

「別にデニス様の魔法の腕前とか、リュクス様には関係なくないですか？」

「いや、それがあるんだよ」

使用人から得た情報その2。

兄デニスは希少な雷属性の使い手ということ。

ブレファン世界において、氷属性使いと雷属性使いは非常にレアだ。

主人公やヒロインたちは使えず、終盤の敵がたまに使ってくる程度。それくらい希少な属性だ。

「だから是非魔眼でコピーしておきたいんだ。それも強力な魔法をね」

「でも補習に呼ばれる程度の腕前なんですよね？」

「それな。補習を受けるって……基礎魔法すらまともに使えているのか怪しいレベルだぞ」

「デニス様の魔法は前に何度か拝見しましたが……。正直モルガの魔法の方が強そうに見えるくらい、弱々しい魔法でしたわ」

メロンの言葉に俺はがっくりと項垂《うなだ》れた。

これでは黒い雷魔法を使うという俺の夢が……。

その時だった。

来訪者を告げるベルが鳴った。使用人たちが玄関に集まると、そこに立っていたのは……。

「お帰りなさいませ、デニス様」

「ふぅん。出迎えご苦労」

巨大なトランクを持った兄、デニスが帰宅した。

金髪オールバックと彫りの深い顔、あれがデニスで間違いないだろう。

「兄上〜」

「む……なんだ貴様は……リュクスか？」

弟らしく駆け寄って、自分のミスに気付く。

雷魔法が早く見たいあまり、魔眼を起動したままデニスの前に立ってしまった。

だがデニスは俺を前にしても、嫌悪するような態度を取らなかった。

あくまでイメチェンしたことにだけ驚いている様子で、もしかしたら根は優しい兄なのかもしれない。

「はい兄さん。ご無沙汰《ぶさた》しております。兄さんの魔法を見られるのを楽しみにしておりました」

「何……私の魔法を？」

「学園で磨かれた兄さんの魔法を久々に見せていただきたいのです！」

最初は訝《いぶか》しがっていたデニスだったが、何度もせがむと満更《まんざら》でもなさそうな態度になった。

庭で見せてくれるとのことで、メイドたち数人と移動した。

「では見せてやろう。学園でも私しか持ち得ない希少属性、雷属性の魔法をな」

「わー」

デニスは高級そうな魔法の杖《つえ》を構えながら、魔法発動の準備をする。

ゲームではステータスアップの装備アイテムだった魔法の杖は、この世界でも魔法の発動を補助したり、威力を増幅させたりする力を持っている。

さてデニスの実力はいかほどか……既に起動済みの魔眼で見守る。

「――サンダーボルト！」

杖からバチバチとした稲妻の玉が発射され……ふわふわと宙を漂った後、にょっと消えた。

蛍のように儚《はかな》い光だった。

「ふぅん……まぁこんなものかな」

「おおおおおぉ！」

ギャラリーと化していたメイドたちは拍手を送るが、俺はそのショボさに反応できずにいた。

メロンの言葉通り、さっき見たモルガのファイヤーボールの方が強そうだったからだ。

「ふぅん、どうだリュクス。……リュクス？」

「えっと、はい。兄さんの素晴らしい魔法が見られて、俺は幸せです！」

あまりのしょぼい魔法に、引き攣《つ》った笑みを浮かべることしかできなかった。

デニスSIDE

『おお素晴らしい！』『これが希少属性か！』『君は我が校の伝説になれるかもしれない』

学園入学当初、私は周囲からこのように持ち上げられていた。

学園始まって以来の雷属性持ちという期待を一身に受けていた。

だが入学から数週間でその評価は地に落ちる。

同学年にエレシア・コーラルという才女がいたこともあり、同級生や教師たちからの私の評価は『期待外れ』『基礎すらできない落ちこぼれ』というものへと変化していった。

悔しかった。

昨日まで親しげに話しかけてくれていた教師たちが手の平を返したように冷たい態度をとってく

る。あの『終わったもの』を見るような目は、思い出すと今でも身震いする。

「くっ……優秀な指導者に教えを請うことができれば私だって」

雷魔法の使い手は、歴史をどんなに遡《さかのぼ》っても数名しか存在しない。

当然専門の指導者など存在しなかった。

希少属性故、雷魔法は文献や資料がほとんど残されておらず、基礎魔法のサンダーボルトの習得すら数ヶ月かかった。

誰にも頼れず、全てが手探りだったのだから仕方がないとはいえ、そんな言い訳は御三家の自分には許されない。だから寝る間も惜しんで努力した。

しかし結果はついてこない。

同学年のルキルス殿下やエレシアと常に比較され、貶《おとし》められ続ける。

やがてその評価は父上の耳にも届くだろう。

考えただけで恐ろしい。

なんとか夏の間に挽回《ばんかい》せねば。そう思っての帰省だった。

『兄さんの魔法が見たいのです！』

弟からそう言われ、私の心は少し和らいだ。

昔から雷魔法に関心があった弟は、よく私に魔法を見せてとせがんでいた。

魔眼という呪いを受けて生まれた憐《あわ》れな子だ。

父からはいないものとして扱われ、母は自らの命を絶ってその存在を拒絶した。

悪魔召喚などと妄言を吐く時期もあったが、私が学園に入ってからは、剣の修業を始めたという。

この世界で頼れるのは自分だけ……そう思ったのだろう。

強くなる必要があると、僅《わず》か九歳で気付いたのだろう。

しかし、それは違う。

お前には頼れる兄がいるのだと、気付いてほしい。

そう思っていたのだが。

『は、はは……兄さんの魔法は凄《すご》いです』

私の魔法を見た後、弟は失望したようにそう言った。

失望しつつも、兄である私を傷つけないために取り繕うような態度を取った。

その瞬間、私の中で何かが弾《はじ》けた。

初めは弟に対する怒りかと思った。

だが違う。

この湧き上がる力は自分の不甲斐《ふがい》なさへの怒りだ。

弟に気を使わせてしまった自分への怒りだ。

だから私は変わらねばならない。

学園の成績など最早《もはや》どうでもいい。

私の魔法を無邪気にはしゃいで楽しんでいた弟の笑顔を取り戻したい。

お前にもこんなに頼れる味方がいるのだと、知ってほしい。

私は王立学園入学からこの数ヶ月、多くの人たちの期待を裏切ってきた。

けれど、最後まで期待してくれていた弟の思いだけは、裏切ることはできない。

私はその一心で研究と鍛錬に励んだ。


夏季休暇も終わりに近づいてきた頃、屋敷から離れた訓練場に弟を呼び出した。

「兄さん……一体どうしたのですか？」

「ふぅん。先月、お前に見せた魔法サンダーボルト。あれは私の全力ではなかった」

「そ、そうなのですか？」

「そうだ。今からこの私の全力を見せてやろう……いくぞ」

私は杖を天に掲げ、全神経を集中させる。

この一ヶ月、厳しい鍛錬と研究のお陰で魔力量は信じられないほど増加した。

後はその魔力を魔法へと変換し解き放つのみ。

「見ているがいいリュクス――裁きの雷・ジャッジメントサンダー！」

発動と同時に、天から雷が降り注ぐ。そして、訓練場の地面を抉《えぐ》った。

成功だ。

どうだ？

私は期待に応えられたか、弟よ……？

「す……凄いです！　これほどの破壊力を持つ魔法を扱えるなんて！」

「ふぅんそうだろう。これが私の全力だ」

「もっといろいろな魔法が見たいです！」

「そうかそうか。では今日は私の魔力が尽きるまでやってやろう」

弟の目を見て、兄としての威厳を守れたことを確信する。

不気味な魔眼の奥に、それでも微《かす》かな輝きがあったからだ。

憧《あこが》れという小さな輝きが。

招待状

部屋に戻ると、俺はベッドにダイブした。

兄であるデニスが披露してくれた多くの魔法を観察した結果、コピーには成功したものの、全身に疲労感が漂っている。

そんな俺をいたわるように、モルガが言った。

「お疲れ様です、リュクス様。お目当ての魔法を見ることはできましたか？」

「うん、凄かったよ兄さんは」

まさか雷属性最強魔法であるジャッジメントサンダーまで使えるようになっているとは思いもし

なかった。

「ここ一ヶ月、頑張ってたもんな……」

「それを言うならリュクス様だって、この一ヶ月頑張っていたじゃないですか」

「まぁね」

この一ヶ月、俺は本人にバレないようにこっそりと、デニス強化作戦を実行していた。

イミテーションで作り出したコピー料理をばれないように食事に混ぜたり。

時にはモルガたちに頼んで差し入れのコーヒーとして飲ませたり。

お陰でデニスの能力は急激に上昇していった。

「ふふ、全てリュクス様のお陰ですね。デニス様も優秀な弟を持たれて幸せでしょう」

「いや」

俺はモルガの言葉に首を振った。

「裏からいろいろサポートはしたけど、あれほど上達したのは兄さんの努力の成果だよ。本当に凄い人だ」

ゲームのブレファンを知っているからこそわかる。

主人公ですら習得できない魔法をこの短期間で習得したデニスの凄さが。

きっと、学園で悔しい思いをしていたのだろう。

練習に懸ける熱量が桁違《けたちが》いだった。

「それにしても、デニス様は喜んでいるでしょうね～」

「ああ。何しろ最強の雷魔法を習得したんだからな」

貴族にとってこれほど誇らしいことはないだろう。

だが俺の言葉に、モルガは溜息《ためいき》をついた。

「そっちじゃないです。リュクス様との関係が改善されて喜んでおられるのですよ」

「俺と？　魔法が自慢できて嬉《うれ》しいだけじゃないのか？」

「いいえ。当主様の手前、直接構うことはできませんでしたが、それでもデニス様はリュクス様のことを気にかけていらしたんですよ？」

モルガたちメイド見習いは、よく俺の近況を聞かれていたらしい。

「そっか。引き籠《こも》っていたからわからなかった」

元々リュクスの周りにも、気にかけてくれている人はいたってことか。

リュクスが悪魔召喚によって魔王の魂と出会ってから学園に入学するまでの間、そのエピソードが語られたことはない。

設定資料集によるちょっとした記述で、父親と兄をその手で殺害しゼルディア家を手中に収めたことがかろうじてわかる程度である。

だがそれだけで、ゲームでは兄デニスの不器用な思いが心を閉ざしたリュクスに届くことはなかったのだとわかる。

こんなに近くに心配してくれている人がいたのに、自分の不幸を嘆いてばかりでそれに気付くことができなかった。

俺もそうだったのだろうか？

周囲の人間の目が怖くて、ずっと敵のように思っていた。でも、もしかしたら両親以外にも俺のことを心配してくれた人がいたのでは？

気が付かなかっただけで、優しくしてくれた人がいたのではないか？

今となってはもうわからない。

でもこれからは……そんな優しい人たちの気持ちに応えられるような人間になりたい。

「夕食の時、兄さんとゆっくり話をしてみようかな」

今までは見下されていると思っていたので遠慮していたが、勇気を持って話しかけてみようか？

俺の言葉にモルガは表情を明るくする。

「それはいいお考えですね。デニス様もきっと喜びますよ」

「そうだといいな。でも何を話したらいいのか……ん？」

その時、ドアがノックされた。

入ってと促すと、メイド見習いのネギーが手紙を持っていた。

いつもボーッとしている白髪の子だ。

「リュクス様宛《あて》に手紙が届いていたぞ」

「手紙？」

「うん。おそらく、十年祭のお知らせ」

「十年祭……！」

ついに来たか。

主人公とメインヒロインである王女リィラ・スカーレットの幼い日の出会いが描かれるゲームのプロローグ。

他にも何人かのヒロインが参加する超重要なイベントだ。

「手紙には剣術大会参加申込書も入っていた。リュクス様はどうするんだ？」

「参加！　絶対参加する！」

十年祭。

毎年王都にて開催され、その年に十歳を迎える子どもたちの成長と健康を祝う、日本で言うところの七五三のような趣旨の、国を挙げてのお祭りである。

祭りは三日間続き、さらに貴族の子息子女たちは王城で開催されるパーティーにも出席できる。

少し早いが社交界デビューも兼ねているのだ。

そして初日に開催される剣術大会ではヒロインの一人であるクレア・ウィンゲートが出場する。

王国騎士団総帥の娘であるクレアは剣の天才で、その腕前と剣撃スキル数は主人公を抜いてゲーム中トップ。

まさに最強のプレイアブルキャラクターだ。

リュクスはそんなクレアと剣術大会の決勝でぶつかり、魔眼によるデバフ付与という反則をしたにも拘《かかわ》らず実力で負けたという設定がある。

クレアルートのリュクスはその時のことを一方的に恨んでおり、主人公とクレアの仲を引き裂こうとしてくる。

だが当然俺は卑怯《ひきょう》な真似《まね》はしない。

目的はゲーム最強キャラであるクレアの剣技を魔眼でコピーすることだ。

もしそれができれば、剣技において俺はもっと強くなれる！

魔王復活教に命を狙われても問題なく対抗できるようになるには、強さに貪欲《どんよく》でなければ。そのために、尊敬する剣士クレアに、力を貸してほしいのだ。

鍛え上げた今の俺の体なら、最強の剣技をコピーしても必ず使いこなせるはず。剣術大会自体も、今の自分の実力を確かめるのに丁度いい舞台だ。ワクワクが止まらない！

「リュクス様？　震えているようですが……？」

「震え？　ああ大丈夫。これは武者震いってやつだ」

「むしゃ？」

興奮で全身が震える。

「ようやくだ……ようやく物語が始まるんだ！」

王女様やクレア、そして主人公にも会える。そんな『ブレイズファンタジー』最初のイベントがもう目の前まで迫っていた。

四章　王都、剣術大会

夏が過ぎ、季節は秋になった。

俺は今、十年祭が行われる王都へ向かう馬車に揺られている。

向かうメンバーは俺、モルガ、ジョリスさん……そしてメロンだ。

「まさか王都までご一緒できるなんて感激ですわ」

正直、護衛のジョリスさん、お付きのモルガだけで十分だろと思っていたのだが。

「なんてことを⁉　最終日にはパーティーがあるのですよ⁉　お坊ちゃまは一人で準備できるのですか⁉」

とメイド長さんに言われ不安になったので、メロンにも来てもらうことにした。

メロンは化粧やファッションの知識に長《た》けていて、パーティー前のスタイリスト的な仕事がとてもうまい。それは、以前のモブ化計画の時にも実感済みだ。

パーティー用の豪華な衣装をきちんと着られる自信もなかったしね。

実際、誘ってからすぐに、俺がパーティーで着るスーツもデザインしたらしい。

メイドにしておくのは勿体《もったい》ないくらいそっち方面の才能を発揮している。

「しかし暑い……なぁ、どっちか反対側に移ってくれないか？」

馬車は電車のボックスシートのように、二人掛けの席が対面になっている。

メンバーは四人だから丁度いいはずなのだが。

実際は俺を挟んでモルガとメロンが座り、向かいにジョリスさんが一人腰掛けている状態になっている。

子どもとはいえ二人掛けの席に三人詰まると窮屈で、しかも体温が伝わってきて暑い。

「はん……たい？」

「……がわ？」

「いやそんな俺があり得ないこと言ったみたいなリアクションするなって。普通に暑いからさ」

「でも……」

「おじさんの隣はちょっと……」

「嫌っていうか？　無理っていうか？」

二人はチラチラと正面のジョリスさんを見ながら呟《つぶや》く。

ち、ちょっと女子ぃ～⁉　ジョリスさんが泣きそうな顔してるんだけどぉ‼

意地悪言わないであげてぇ！

という冗談は置いておいて、二人はおじさんが苦手とか、加齢臭がキツいとかそういう理由でジョリスさんの隣に座るのを嫌がっているのではない。

単純に俺に厳しいトレーニングを課しているジョリスさんを、俺をイジメている鬼畜と認識しているのだ。

「ははは。いいのです坊ちゃん。両手に花、羨《うらや》ましい限りですよ」

と目尻《めじり》に涙を浮かべながら言うジョリスさん。

「花とか以前に暑いんで……もう俺がそっち側へ行きま……馬鹿な⁉　体がホールドされて動けねぇ⁉」

数ヶ月鍛え続けた俺の筋力を超えてくるだと⁉

「逃がしませんわよ、リュクス様？」

「そうですそうです。せっかくの王都への旅行なんですから楽しみましょう」

「まず王都に到着したら注文していたスーツを取りに行きましょう」

「いいですね～。王都の別邸で試着させてみますか？」

「そうですわね。サイズが合っていなければ調整したいですし。髪型もどうするか考えたいですし」

夜にはお人形さんにされるのが確定しうんざりしていると、それが表情に出たのか、モルガがぷんすかし始める。

「リュクス様、やる気が感じられませんよ！」

「そうですわよ。十年祭最終日のパーティーは正式な社交デビューの場なのです」

「ここで仲良くなった令嬢とそのまま婚約ということも多いと聞きます！　万全の状態で挑まないといけません」

「魔眼の子って嫌われている俺には関係ないと思うけど」

魔眼持ちというだけで好感度マイナススタートな俺に婚約者なんてありえない。

リュクスに婚約者がいたという設定はなかったし、おそらく実際にそのようになるだろう。

いくら公爵家で身分が高いと言っても、それと恋愛は別！　というのはブレファン世界の独特な価値観だ。

家の格も大事だが、一番重要視されるのは本人たちの意志。

相手のことを愛している！　という強い意志こそがこの世界では何よりも重要視されている。

「というか、婚約者ならまず兄さんが先に決めないと」

兄デニスも婚約者が未《いま》だに決まっていない。

こうしてみると兄弟揃《そろ》ってモテていないみたいで悲しくなってくるな。

「ですがデニス様は、後期日程に入ってから急にモテ出したとか」

「夏休み前はけちょんけちょんに言われていたのに、今じゃ学園一の天才と呼ばれていますからね」

「ああ、なんかそんな手紙が届いたね。弟として誇らしいよ」

夏休みの間に雷魔法を極めた兄は、現在学園で無双しているらしい。

あの「ふぅん」という独特な笑いが聞こえてくるようだ。

裏で手助けしたとはいえ努力自体はデニスのものなので、今はその無双状態を楽しんでほしい。

まぁ弟として、女遊びはほどほどにしてほしいところだが。

「兄さん、悪い女に引っかからなきゃいいけど」

「それはこっちの台詞《せりふ》です」

「そうですわよリュクス様。リュクス様が結婚される相手すなわち、私たちの上司になる方なのですから」

「そうですね～綺麗《きれい》で聡明《そうめい》な方がいいです」

「え？　お前らって俺が結婚してもついてくるの？」

「「当たり前ですけど？」」

「そうなんだ……」

「「一生ついて行くって決まってますけど？」」

「決まってるんだ……」

それは知らなかった。

普通に十五歳くらいになったら屋敷を出て自分の人生を歩んでいくものとばかり……。

そういうメイドさんも多いし、そういった場合ゼルディア家は仕事先を斡旋《あっせん》したりしているから。

逆に使用人同士で結婚して、夫婦で屋敷に仕えてくれている人たちも多くいる。

一緒に働いているうちに互いを意識し始めるとか、素敵なことだと思う。

「そういや二人は好きな子とかいるの？　若い兵士さんとか、カッコいい人多いよね？」

「「は？　いませんけど？」」

「あ、はい。そうすか……」

怖い怖い怖い。

何今の？　有無を言わさぬ迫力があった。

二人は一言もそんなことを言ってないけど、「この話はここで終わり」という圧を感じた。

あと怖いからハモるのはやめてほしい。

「それにしても結婚かぁ」

ここまで生き残るために強くなることに夢中過ぎて、自分の恋愛なんて考えたこともなかった。

幸せを掴《つか》むなら、やっぱりいつかは結婚したいよな。

「リュクス様の好みの女性像ってどんな感じなんですかね？」

「そういえば聞いたことがありませんでしたわね」

「まぁ身近な女の子に話すことじゃないしね」

「教えてくださいよ～」

「そうですわ。我々メイドには知っておく権利と責任があります」

「いやないでしょ」

俺の好みの女性のタイプか。

強いて言うならブレファンのヒロイン五人になるのかな？

でも、主人公との恋愛ストーリーが見たいから、ヒロインの誰かと恋愛関係になるのは自分自身が許せないし。

「悩んでいますわね」

「じゃあ私たちメイド見習いの中だと誰が一番好みの外見ですか？」

「ナイスアイディアですモルガ。さぁリュクス様、それだけでも教えてくださいまし」

「なぁこの話やめないか？」

冗談っぽく言っている二人だが目がマジだ。

これ、誰か一人を選んだら絶対禍根が残るやつだよ、俺にはわかるんだ。

「みんなのことは可愛《かわい》いと思っているし大切にも思っているからさ。誰が一番とか悲しいこと言わないでくれよ」

「「リュクス様……」」

目をうるうるさせる二人。

ふぅ。どうやらうまくごまかせたようだな。

「リュクス様？　今、うまくごまかせたと思っていますわね？」

お、思ってないっす。

気まずい雰囲気の中、俺は両腕を二人にホールドされたまま数時間、馬車に揺られ続けた。

＊＊＊

「ふぅん。遠路遙々《はるばる》よく来たな」

王都に到着する頃には夜になっていた。

ゼルディア家別邸に到着すると、兄デニスが出迎えてくれた。

別邸はゼルディア家の関係者が王都で活動する時に拠点にするためのもので、屋敷と比べると規模はかなり小さい。

普段は数人の執事とメイドたちで運営しているのだが、今は学園に通うために兄が滞在していることもあり、使用人の数は多めだ。

「兄さんもお変わりなく。学業で優秀な成績を修めているとのこと、誇りに思います」

「ふっふっふっふふぅううん！　そう褒めるでない我が弟よ、生まれてきてくれてありがとう。さて今日は十年祭の前祝いだ。豪華な食事を作らせた。共に食べようではないか」

「はい。是非」

「それと、君たちも同席したまえ」

兄は俺の後ろに控えていたモルガとメロンにも告げる。

「え……」

「私たちもですか？」

二人は「いいのかな？」といった様子で顔を見合わせる。

「ふぅん当然だ。今日は使用人たち全員分のご馳走《ちそう》を用意しているのでね。君たちにも楽しんでもらわねば困るといったところだ」

「だってさ。兄さんの厚意に甘えよう」

「「はいっ」」

「ふぅん！　今日は存分に楽しめ！」

その日はモルガたちと共にご馳走を楽しんだ。

今まで食事の時にモルガたちが横に座ってくれることはなかったから、新鮮だった。

そして入浴。

風呂《ふろ》に入っていた時に「たまには兄弟水入らずもいいだろう?」と兄さんが入ってきたのが普通に気持ち悪かった。


二日目はモルガ、メロンと共に王都を観光した。

リュクス的には何度か来たことがあるらしいが、俺としては初めての王都だったので楽しかった。

ゲームで出てきた場所を見つける度《たび》に感動した。

そんな感じで聖地巡礼のようなことをしつつ、二日目を終えた。


王都での三日目。

三日間にわたって開催される十年祭の初日である。

主人公もいよいよ絡んでくるイベントだが、その前に俺は今日の剣術大会に出場する必要がある。

剣術の腕のみを競うため、魔法は禁止。闘技場で一般の観客を招いて盛大に行われるので、半端な腕では恥をかくだけに終わる。

つまり、十歳といえど腕利きの少年、少女が集まっているという訳だ。

ジョリスさんに鍛えてもらったとはいえ、魔法禁止だから油断はできない。

事前に渡されたトーナメント表を見る。ゲーム通り、クレアと俺の名は左右に離れて配置されている。

戦うなら、決勝戦という訳だ。

でもクレアの剣技を観察するだけなら、わざわざ決勝戦まで勝ち上がる必要はない。ゲームのストーリー通りに勝ち上がると、モブとしては目立ち過ぎる。

ただ俺は俺で、今の自分の実力を確かめさせてもらう程度に頑張ろう。剣の試合は大人たちとばかりしていたから、ようやく同年代と戦えるという訳だ。ワクワクする。

「気合い十分ですね。では坊ちゃん、私たちは観客席から応援しておりますので」

「頑張ってくださいね」

「カッコいいところを見せてくださいまし！」

「ふぅん。心配はしていないが……正々堂々と戦うのだぞ」

「はい。頑張ってきます」

応援に来てくれていた兄さんやモルガたちと別れ、控室へと向かう途中。

「あれ……エリザ？」

「ふん、久しぶりじゃない」

壁に寄りかかり腕を組んでいるヒロインの一人、エリザ・コーラルと遭遇した。

前に会った時は夏だったから、二ヶ月ぶりくらいの再会である。

「えっと……どうしてここに？」

「何？　私がいちゃ悪いの？」

「そんなことないけど……気になってさ」

この頃のエリザの行動原理は殿下ＬＯＶＥ以外にないはずだ。

ルキルス王子は出場しない、この剣術大会にも用はないはずなのだが。

え、マジでなんのためにいるんだろう？

「誰かの応援とか？」

「違う」

「誰かと待ち合わせとか？」

「違う」

「あ、もしかして参加するとか？」

「違う」

「いやマジでどうしてここにいるの⁉」

「何？　私がいちゃ悪いの？」

ヤベー会話が振り出しに戻った。

これ、正解の選択肢を選ばないと一生先に進めないやつだ。

昔のゲームあるある。

「まさかとは思うけど、俺の応援とか？」

「はっ……はあああああ⁉　ちちちち違うんですけどぉ⁉」

お、なんか正解っぽい？

なるほど。ゲームだと険悪だった二人だけど、エリザなりにこの前のグランローゼリオでの件で俺に心を開いてくれたって訳か。

エリザルートでの死亡フラグは無事回避できたようでホッとする。

推しキャラと敵対するのはゴメンだから、こういうちょっとした友達みたいになれるのは素直に嬉《うれ》しい。

俺はいつだって、推しキャラたちの味方ですよ！

「いやマジで嬉しいよ。ありがとう」

「だ、だからアンタの応援に来たなんて、一言も言ってないですけど⁉」

「うんうん」

「その『全部わかってるよ』みたいなニッコニコ顔で頷《うなず》くのやめなさいよ！」

照れていて可愛《かわい》いな。

よしよしと頭を撫《な》でてあげたくなる衝動をぐっと抑える。

「き、今日から十年祭とはいっても初日は暇だし？　たまたま。そう、たまたま知り合いのアンタが出場するって聞いて、どのくらい強いのか見せてもらおうと思ったのよ」

「そうなんだ、メッチャ嬉しいよ」

「私が見ていてあげるんだから、精々頑張りなさいよ。初戦負けなんて絶対許さないんだから！」

「うん。必ず勝つから見ていて」

「なっ⁉」

俺の言葉に、エリザは顔を真っ赤にする。

「え、俺なんか変なこと言った？」

「こ、この勝利を私に捧《ささ》げるって……まるで恋人同士のやり取りじゃない⁉　か、軽々しくそんなこと口にするんじゃないわよ！　そういうのはもっと段階を踏んでから……」（ゴニョゴニョ）

どうした急に。

「そこまで言ってないけど」

「え？」

「勝つから見ていてって言ったんだよ。勝利を捧げるとまでは言ってない」

「ふ、ふん。まぁ勘違いって誰にでもあるわよね？」

コイツ凄《すご》いな⁉　あそこから持ち直したぞ。

とはいえ、突然なんでそんな聞き間違いをしたんだろう。

そういえば騎士と姫の恋愛小説とかが大好きな設定だったな、エリザ。

「とにかく、私が応援してあげるんだから敗北は許さないわ」

「結局応援してくれるんだね」

「ち……違っ！」

「オッケー。気合い入れて頑張るわ」

少し緊張していたけど、いい感じにそれがほぐれた。

エリザに感謝しつつ、俺は控室へと向かう。

「……頑張りなさいよ」

最後にエリザが何か言った気がしたが、残念ながら聞き取ることができなかった。

＊＊＊

剣術大会一回戦、第十二試合。

前の試合で負けて大泣きしている子がスタッフに連れていかれるのを見送ってから武舞台に上がる。

剣の腕に自信がある貴族の子どもたちだけが出場する大会と聞いていたが、どうやら違ったらしい。

明らかに「今日初めて剣を持ちました」っていう子も多く参加していて困惑する。

スタッフの人から剣を受け取り、軽く一振り。

十歳の俺の体には少し大きい本物の長剣だ。

刃は落とされ、さらに相手にダメージを与えられない特別な魔法が掛けられた剣。

これで相手を怪我《けが》させたり、最悪殺してしまうような事故は心配しなくていい。

思いっきり戦えるという訳だ。

「できれば真剣でやりたかったですねぇ。君もそう思いませんか、魔眼の子」

俺の初戦の対戦相手、ゲリウス・モーラシアくんは武舞台に上がってくるとそう尋ねてきた。

御三家に匹敵する権力を持つとされるモーラシア辺境伯の次男で剣の実力者らしく、ヒロインのクレアと並んで、この大会の優勝候補と目される男だ。

モーラシアという名前自体がブレファン本編には出てこないので、いきなりクレアと並ぶ剣の実力者と聞いて俺はとても警戒している。

「おや、わかりますか？　真剣でやりたかったと言っているのですよ。本物の剣で……という意味です。君に理解できるかなぁ？」

頭を指差しこちらを馬鹿にするような口調。

明らかに挑発行為だった。

なるほど、戦いは既に始まっているという訳か。

流石《さすが》辺境伯の息子。戦いというものを熟知している。

俺は相手のペースに呑《の》まれぬよう、冷静に答える。

「目的は殺し合いじゃなくて剣の腕の競い合いなんだから、これでいいじゃないか。お陰で安心して戦えるよ」

「はっ、ぬるい……ぬるいなぁ御三家は。さぞかし内地で生ぬるい、堕落した生活を送っているんでしょうねぇ」

「そんなことはないと思うけど」

「嘘をつくなよ魔眼の子。私は見ましたよ。貴様が可愛いメイドを侍らせているのを。あれこそ堕落の極み。きっと夜な夜な、とんでもないことをしているのでしょう。なんという破廉恥《はれんち》」

「いやそんなことしてな……。して……」

ふと脳裏に過《よぎ》る、両手両足を縛って「悪魔召喚ウェーイ」とかやっていたリュクスの姿。

「……してないよ」

「なんですか今の意味深な間は？」

黒歴史です。

「コホン。ここは神聖な武舞台の上。余計な会話は慎むように」

おっと、審判の人に怒られてしまった。

「はん！　では見せてあげましょう！　君たち中央の貴族の知らぬ、実践的な剣というものを！」

「楽しみ」

これは本音だ。

魔眼を起動しつつ、盗めるものは盗んでいこう。

「ほう、それが魔眼ですか。汚らわしいですね」

「怖がらせてしまったらすまない。戦いになると勝手にこうなってしまうんだ」

本当は自分でオンオフできるんだけど、そういう設定にしておく。

「怖がる？　私が？　はっ。私としては魔物討伐のようで、むしろ心が躍りますよ」

「俺のことを魔物と？」

「大差ないでしょう？」

ふーん、言うじゃないか。

「おしゃべりはそこまで。それじゃ、試合開始」

見かねた審判さんがさくっと試合開始を宣言する。

おしゃべりしてすみませんと心の中で謝罪しつつ、目は向かいに立つゲリウスくんへ。

「はあああああああ！」

ゲリウスくんはバトルマンガのキャラのように雄叫《おたけ》びを上げる。

自分の魔力を練り上げているようだ。

「ほう……」

思わず声が出る。

感じる魔力の量だけならゼルディア家の兵士たちの誰よりも多い。

流石辺境伯の次男。生まれ持った魔力量は桁違《けたちが》いだ。

魔力が多ければ多いほど、攻撃に込められる魔力は増える。

すなわち、攻撃力が高くなる。

だが。

「ふふ、どうですか私の魔力量は？」

「凄いよ……でも随分と悠長じゃない？」

確かに魔力量は素晴らしい。

「……何？」

「実戦でもそんな悠長に時間をかけて魔力を練り上げているの？　それとも魔物が待ってくれているのかな？　なるほど、君の領地の魔物は随分と騎士道精神に溢《あふ》れているようだ」

「貴様……」

「今の時間、俺はいつでも君を倒せたけど優しいから待ってあげていた。君が今まで戦ってきた魔物たちも、同じくらい優しかったのかな?」

「ふん、私の魔力量に怯《おび》えて動けなくなっていればいいものを……貴様だけは叩《たた》き潰《つぶ》す」

ちょっと舌戦をやり返してみただけなのだが、思ったよりもゲリウスくんが俺のペースに呑まれたらしい。こちらを煽《あお》る割には、煽り耐性は低いようだ。

こめかみをヒクつかせ、こちらに突っ込んでくる。

「——パワースラッシュ」

「おっと」

相手の剣撃スキルを剣捌《けんさば》きで受け流す。

ゲリウスくんの剣が武舞台を抉《えぐ》った。破壊力は凄《すさ》まじい。

当たりさえすれば並の魔物なら討伐できるだろう——面白い。やるじゃないか。でもジョリスさんに鍛えてもらった俺に、簡単に当てられると思ったら大間違いだぜ!

「おのれ……ならば——ハイパースラッシュ」

ゲリウスくんはより破壊力の高いスキルを使う。だが同じこと。

俺は剣先でそれを受け流す。

「私の剣が当たらないだとぉ……貴様、何か卑怯《ひきょう》な手を!?」

「いや、ただの剣の技術なんだけど」

「うあああああハイパースラッシュ！　ハイパースラッシュ！　ハイパースラッシュ！」

ゲリウスくん的には必殺の剣撃スキルで、自信の根幹だったのだろう。そのハイパースラッシュを難なく受け流されたことで、彼は冷静さを失った。

ひたすら連打されるハイパースラッシュの練度は、集中力と魔力の低下によりみるみる落ちていく。

「はぁ……はぁはぁ……はいぱああすらっしゅうぅ」

最早《もはや》受け流すまでもない。そのまま剣で受けて弾《はじ》き返す。

「うぁあ⁉」

ゲリウスくんは情けない声を出しながら尻餅《しりもち》をついた。

「ゲリウスくん。そろそろ君の言う『実践的な剣』というのが見たいんだけど、まだ出し惜しみするのかな？　それともさっきまでのが『実践的な剣』だったのかな？」

「くっ……クソ……くっそおおお」

立ち上がろうとして転ぶゲリウスくん。

もう戦う体力は残っていないようだ。

可哀想《かわいそう》だから、さっさとトドメを刺してあげよう。

俺は尻餅をついたゲリウスくんの肩にちょんと剣を当てて一本を取る……つもりだったのだが。

「ぐあああああああああ」

思いっきりぶっ叩いてしまった。

どうやら自分でも思った以上にゲリウスくんの言動にイラついていたらしい。

まぁダメージはなしだから許してくれ。

「勝者――リュクス・ゼルディア」

初戦勝利。

「ほら、真剣じゃなくてよかっただろ？　ゲリウスくん。真剣だったら死んでたぜ？」

尻餅をついたままの彼を起こしてあげようと手を差し伸べる。だがゲリウスくんは俺の手を払いのけ、大声で叫んだ。

「反則だ……反則だ！」

ゲリウスくんの声が会場に木霊《こだま》する。

「審判！　コイツは魔法を使った！　使ったんだ！　でなければクレア以外に私が負けるはずがない！」

「いいや、今の試合、魔法を使った形跡は確認されなかった。君の完全な敗北だ。己が負けを認めることも大事なのだぞ？」

「使ったんだ！　絶対使ったんだもん！」

「ええい！　みっともない。これ以上、恥の上塗りをするつもりか？　早く武舞台から立ち去りなさい」

審判さんの一喝にびくりと震え、それ以降は押し黙り、ゲリウスくんは去っていった。

それでいい。

今は負けを認めて、己に打ち勝て！

去り際、俺は観客席の方を見る。

キャーキャーと楽しそうに騒ぐモルガとメロン。

後方師匠面《づら》で「うんうん」頷《うなず》いているジョリスさん。

なんか俺の顔が刺繍《ししゅう》されたウチワのようなものを持って騒いでいる兄デニス。

周囲に白い目で見られながらも応援してくれていたようで、心がくすぐったくなった。

「なんか、いいなこういうの。さて戻るかって……あれ、なんか悪寒が」

背中に冷たい何かを感じて振り向く。

視線の方を見ると、兄たちとは違う位置からこちらを見ているエリザと目が合った。

心配してくれていたのか、祈るように手を握って……あ、解《ほど》いちゃった。

本当に応援してくれていたんだな。

一応、小さく手を振っておく。

すると、顔を真っ赤にして何かを言った後（流石にこの距離では何を言っているのかわからない）、向こうからも小さく、遠慮がちに手を振り返してくれた。

＊＊＊

「私はあのリュクス・ゼルディアに魔法を使われた！　流石魔眼の子だよ。卑怯な手を使って、私たちを嘲笑《あざわら》っているんだ。なんて性格の悪い奴！　みんな、奴と戦う時は注意してくれ」

控室に俺が入ろうとすると、中からゲリウスくんの声が聞こえた。

反論しようとしたが、続く会話につい足が止まってしまう。

「やっぱりな。そうだと思ったんですよ！」

「ていうか、普通空気を読んで出場しませんよね。誰も魔眼と関わりたくないっての」

「それそれ！」

ヒソヒソとしゃべりながら、ギャハハとその場の全員が笑い声を上げる。

瞬間、頭から冷水を浴びせられたような心地になる。

「同じだ……」

ゲームのリュクスと同じことを、俺は言われていた。

転生してからの数ヶ月、悪役から脱しようと頑張って、ようやく手応えを感じられてきたところだったのに。

まだ俺は、ゲームのリュクスからは抜け出せていないのだろうか？

もしかして、俺のやろうとしていたことは無駄だったのか？　このまま一生、何をしてもみんなから嫌われて、気持ち悪がられながら生きていかなくてはならないのか？

――『魔眼の子』という呪いはずっとこのままなのか？

「おいおい、噂をすれば。魔眼の子の登場だ」

「こっち見てるんだけど～気持ち悪ぃ～」

「もしかして盗み聞き？　気分悪くなってきたわー。行こうぜ」

子息たちが口々にぶつけてくる悪意ある言葉に、前世の記憶がフラッシュバックする。

忘れようとしていた俺を見るあの視線や、キツい陰口を思い出し寒気がした。

俺みたいな奴がまともに生きようなんて……無理な話だったのか。無謀な夢だったのか？

突っ立ったままの俺をワザと大げさに避けながら、子息らは控室を出ていく。

ゲリウスくんの勝ち誇った嫌らしい笑みが横目に見えて、吐き気がした。

彼は辺境伯の息子で実力もある。彼は他の出場者にも触れ回ったようで、俺はどこを歩いても嫌悪の目を向けられるようになった。

彼の言葉を真に受けた貴族の子らは俺との戦いを避けるように次々と棄権した。

「恥を知れー」

「ズルをして勝って嬉《うれ》しいか！」

「あんなのが御三家とは……」

「この国の未来は暗いな」

不戦勝で勝ち進むにつれて、ヤジはどんどん酷《ひど》くなっていった。

どこにも居場所がなくなった俺は、廊下の隅で耳を塞《ふさ》いでやり過ごす。

そこに、「リュクス・ゼルディア、出番だ。早く入場しなさい！」とスタッフから声をかけられた。

よろよろと立ち上がり、武舞台に上がると司会の声が響いた。

「お待たせしました。決勝戦です！」

……え？　なんて？

「け、決勝戦⁉」

「このトーナメント、最後の戦いは……一勝のみでここまで来たラッキーボーイ、リュクス・ゼルディア。対するは、全ての相手を数秒で落とし勝ち上がった圧倒的実力者、クレア・ウィンゲート！」

わあーという歓声と、俺に向けたブーイングが会場に響く。

ちょ、ちょちょちょちょっと待て‼

いつの間に決勝までトーナメントが進んでたの？

ていうか目立つとまずいから、決勝戦になんて出るつもりはなかったんだが。

あーもう、落ち込んでる場合じゃなかった……って。

ハッ！　しかもクレアの試合、全然観戦できてないじゃないか。それが目的でやってきたっていうのに。何やってんだ俺！

「すまない。待たせてしまった」

その時、会場全体に凛《りん》とした声が響く。

途端、俺に対するヤジが完全に止《や》んだ。

王国騎士団総帥の一人娘にして剣術の天才。

ショートカットの銀髪。自信に満ちた青い瞳《ひとみ》。中性的な、可愛《かわい》いというより美しい顔立ち。

う、嘘だろ……本物のクレアだ！

って、そうじゃない。俺がクレアと直接戦うだって⁉

「悪かったね。靴の紐《ひも》が切れてしまって、交換していたんだ」

「い、いや、いいよ。こっちも万全の君と戦いたいからね」

「ふふ……っ」

俺の言葉を聞いたクレアはくすりと笑った。

「あれ。俺、何か変なこと言った？」

「いいや。君の言葉を聞いて、目を見て確信したのさ。君は卑怯な手を使うような人じゃないとね」

「……俺の目は魔眼だぜ？」

さっきまでのことがあったので、自嘲《じちよう》気味に零《こぼ》してしまう。

試合中に切り替えると不正を疑われるかと思った俺は、既に魔眼を起動中だった。

だがクレアは怯《ひる》むことも怯えることもなく、まっすぐに俺の視線を受け止めた。

「魔眼だろうと関係ないさ。その目の奥に宿る熱い闘志は誰にも隠せない。君の目が語っている。私と正々堂々戦いたいと。自分の実力を確かめたいと。私も同じ気持ちだよ」

「俺の魔眼が気持ち悪くないのか？」

「気持ち悪い？　あはは。そんな訳ないじゃないか。だって私は、そういう闘志に満ちた燃える瞳が大好きなんだ！　さぁ、君の剣を見せてくれ！」

目の前の少女は「魔眼の子の呪いなど関係ない。興味があるのは剣のみ！」とでも言うように、屈託なく笑う。

まだ幼いその笑顔が、ゲームの大人びたクレアの顔と重なって、たまらなく嬉しくなった。

「そうだな……俺が憧《あこが》れたクレア・ウィンゲートはそういう子だった」

転生してまだ数ヶ月。その程度で周囲の全ての人間の評価を覆すなんて難しいよな。

きっと俺はこれから、何度も何度も、今日みたいな思いをするんだろう。

でも、変わろうとしたこと、変えようとしたこと、それは身近な人が知ってくれている。エリザやクレアが、その道は正しいんだと、俺を信じてくれている。

なら俺が今ここでするべきことは決まっている。落ち込んでいる場合じゃない。

この数ヶ月積み上げてきたものを正々堂々、クレアにぶつけよう。

「うん、いい顔になったね。実はね、今日はまだ全然楽しめてなかったんだ」

「だったら丁度いい。君の全力を受け止められるように修業してきた。今日は出していいぜ。君の全力ってやつを」

「へぇ……面白いことを言うね、君」

たとえ木の枝でも全力を出せば相手を殺してしまうほどの才能を持つクレア。

彼女が剣で全力を出せる相手は主人公以外にはいない。

ジョリスさんに鍛えてもらった俺ですら、彼女の全力には遠く及ばないだろう。

だがそれでいい。

ゲーム時代に憧れた彼女の剣にどれだけ迫れるか。

俺はそれだけでいい。

「それでは両者位置について……試合開始！」

クレア・ウィングゲート。

『ブレイズファンタジー』のヒロインの一人。

二歳で初めて剣を握ったその日に指南役を倒し、五歳で王国騎士団最強だった父親に勝ったという剣の天才。

ゲームでは魔法を一切習得できないものの、その豊富な剣撃《けんげき》スキルと武器の中で最も強力とされる魔剣を装備できることから、最強のヒロインと言われている。

さらに、クレアルートで入手できる【究極の魔剣】を装備すると主人公よりも強くなることから、ゲームの最強キャラでもある。

とはいえクレアルートに関して言えば、そこまで特筆すべき内容はない。

俺が大好きな恋愛要素はヒロイン中一番控えめで、ひたすら【究極の魔剣】探しに終始する少年マンガのような内容だ。

そんなクレアルートでのリュクスの役割は、例に漏れず主人公とクレアのお邪魔虫だ。

十年祭の剣術大会、リュクスは今の俺と同じく決勝戦まで勝ち上がる。

ただし、こっそり魔法を使うという卑怯《ひきょう》な手を使って。

しかしそんなリュクスの小細工はクレアには通じない。卑怯な手を使ったうえでボコボコにされたリュクスはそのことをずっと恨んでおり、学園に入ってもクレアに執拗《しつよう》に絡んでくる。

そして二人の探索をさんざん邪魔した挙句、最後には【究極の魔剣】の犠牲者第一号となって散る。試し斬《ぎ》り感覚で死ぬ。

恋愛要素や女の子としての可愛さが控えめなクレアルートだが、それでもクレアがプレイヤーの心を掴《つか》んだのはその圧倒的な強さだろう。

男というのは単純で、いつだって最強キャラクターが大好きなのだ。

それは俺も例外ではない。

次々と襲い来る魔王配下の魔物たちに苦戦した時、いつだって助けてくれたのはクレアだった。

彼女の剣捌《けんさば》き（攻撃モーション）は俺の中で神格化され、転生して尚《なお》、脳裏に焼き付いて離れない。

だから俺は思ったのだ。

剣を極めるなら、クレアのような戦い方がいいと。

美しく舞い踊るような剣。

ゲームや動画で何度も見返したあの剣技に一歩でも近づきたい。

まずは今の自分の実力で、クレアに全力をぶつけていく！

「へぇ……リュクスだっけ？　やるね、君！」

数回剣を打ち合っただけでクレアの目つきが変わり、本気モードに切り替わる。

本気のクレアは十歳とはいえ強かった。

ゲームで見た十五歳のクレアほどではないが、それでもこの世界に来てから戦った誰よりも強く、誰よりも美しい戦い方だった。

それを目に焼き付けていく。

目の前の彼女の動きと、頭の中に刻まれた最強のクレアのイメージ。

その二つが合わさり、ゲーム中のクレアの剣技を脳内に紡ぎ出していく。

——凄《すご》い。少しずつ自分で再現していくうちに、いかにクレアの剣技が凄いかが体に直接伝わってくる。戦えば戦うほど。魔眼でクレアの剣を見れば見るほど。

俺のイメージした最強のクレアの剣技が30％……50％……80％……と。

クレアが俺に勝とうと頑張れば頑張るほど、完成に近づいていく。

「くっ……こんな、ことが……」

戦いの最中、クレアが膝《ひざ》をつく。

現状、完成度は90％ほど。俺の戦い方はもうほとんどゲームのクレアの最強とされた動きである。

あとは剣撃スキルさえ揃《そろ》えば１００％の再現度になるだろう。

今の俺は、いわば未来のクレアそのもの。

最強キャラクター、クレア・ウィンゲートそのものなのだ。

たとえ今のクレアが全力を出したところで、勝てる訳はない。

「はぁはぁ……驚いたよ……君の剣は……私が目指していた形。思い描いていた理想形そのものだ」

肩で息をしながら彼女はそう言う。

やり過ぎた……。

本来なら彼女がたどり着くハズだった場所に、魔眼を使って俺が先に至ってしまった。

これでは横取りだ。

この世界で生き残るために、強くならなくてはと思った。

強くなるなら、ゲームで最強だったクレアの剣を極めたい。

そう思って、今日まで頑張ってきた。

そしてそれは、うまくいったと言っていいだろう。

俺は望んでいた力を手に入れた。

でもそのせいで、彼女の心を折ってしまったら？

俺のせいで、彼女が無駄に挫折《ざせつ》し、別人のようになってしまったら……。

冷や汗が流れる。

それが怖かった。

だが。

「あはは。どうやら私と君は同じ戦い方を極めようとしていたようだ。そうだよね、この戦い方は強いし、何より美しい。でもね」

彼女は、クレア・ウィンゲートは顔を上げた。

まるで新しい玩具《おもちゃ》を見つけたような笑みを浮かべて。

クレアの心は少しも折れてなんかいなかった。

「君が先に極めてくれたお陰でいろいろ見えてきた。今の私なら、もっと強い剣筋が作れる」

「は——何⁉」

獣のように笑うと、彼女はこれまでとは全く違う動きを始めた。

信じられない速度でこちらに迫り、剣を打ち込んでくる。

「くっ⁉」

なんだ、この動きは……対応するだけで精一杯だ。

これまでのクレアとは全く違う動き。

魔眼で動きを追ったところで一体何を狙っているのかもわからない。

前後の動きもバラバラ。

関連性が全く見えない。

いや違う。関連性なんて最初からないのだ。

彼女は、クレア・ウィンゲートは今、思いついた攻撃をただひたすら繰り返している。

それなのに……最強のクレアの戦い方を模して尚、徐々に押され始めている。

なんという勘。

なんというセンス。

なんという閃《ひらめ》き。

「まさか……クレア、君は」

「あはは、わかる？」

「君は今、この瞬間——この戦いの中で新しい剣術を生み出しているのか⁉」

「その通り。さぁ、君には最後まで付き合ってもらうよ」

「はは……！」

なんて奴だ。

俺はゲームのクレアの剣術が最強だと信じて疑わなかったし、現に九割近く完成したそれに、今のクレアは一切歯が立たなかったはずだ。

しかし、完成に至ったゲームのクレアの剣を客観的に見たことで、彼女の中に新しい、今までとは全く違う最強のイメージが湧いたのだろう。

クレアは今まで身につけた剣術を全て捨て、新しい剣術を作り出している。

目の前の彼女は今、恐ろしいスピードで進化している。

ゲームの自分を超えようとしている。

気付けば俺が身につけたゲームのクレアの剣術は全く通用しなくなり、防戦一方だ。

「どうしたの！　もっと頑張ってくれなくちゃ——困るよっ」

「はっ……言ってくれるな」

受け流したはずの一撃の、その衝撃が腕に伝わる。

俺の体力は徐々に……確実に削られている。

「はは……」

息が苦しい。まるで肺が潰《つぶ》れそうだ。

いっそ魔法を使ってしまうか？　そんな誘惑が脳裏を過《よぎ》る。

だがそんな勿体《もったい》ない真似《まね》はしない。

俺はゲームのリュクスとは違うのだ。

クレアの剣には、同じく俺の剣で応えたい！

「いいぜ、やってやるよ。どこまでも食らいついてやる！」

クレアが新しい最強を生み出すっていうなら、さらにそれをコピーしてやる。

魔眼の力を最大まで引き上げる。

彼女の一挙手一投足。髪の毛一本分の揺らぎさえ見逃さない。

「へぇ……私のイメージに追いついてくるんだね！」

「生憎《あいにく》、それしかできないんでね」

「いいじゃないか！　それなら、こういうのはどうかな？」

「上等だ！　俺の模倣くらい超えてみせろ、クレア・ウィンゲート！」

それはまさに破壊と再生。

作っては壊し、作っては壊し。

そしてまた創り出し。

二人の剣術は誰にも到達できないレベルに昇華されていく。

一体この戦いの中で、人類の剣術の歴史は何世代進んでしまったのだろう。

数百年分の剣の歴史を進めるかのようなこの戦いは、一時間以上も続いた。

クレアSIDE

生まれた瞬間から、私の頭の中には目指すべき剣の形があった。

父は言った。

「ここにいる騎士たちから剣術を学べ」と。

けど私からすればそれは無駄な行為に見えて仕方がなかった。

何故《なぜ》なら私の頭の中には常に最強のイメージが存在していたからだ。

私にとって剣の修業とは、生まれ持ったそのイメージに近づくための行為だった。

全てのトレーニングは最強のイメージに通じる。

だから、今日戦ったリュクス・ゼルディアという少年が私の理想と同じ戦い方をしていて驚いた。

しかも彼の方が、より最強のイメージに近かった。

初めこそ興奮したけれど、戦っているうちにわかった。

イメージは所詮《しょせん》イメージでしかないのだと。

彼の戦い方を見て、様々な問題点、改善点に気が付いた。

これでは駄目だと思った瞬間……。
頭の中に全く違うイメージが湧いてきた。
より強く格好良く……そして美しい剣術のイメージ。
私は今までの自分を全て捨て、新しく頭に浮かんだイメージに自分を近づける。
すると、リュクスも戦い方を切り替える。私のイメージに追いついてくる。
そうするとまた新しいイメージが生まれてくる。
その繰り返し。
不思議な時間だった。
こんな経験は初めてだ。
二人で一緒に子どもを作り、育てるような……そんな感じだろうか？
違う？　まぁいいや。
「ああ――」
この戦いの間だけで、一体私はどれほど強くなれるんだろう。
いつまでも、いつまでも。
この時間が続けばいいのにと、そう思った。

決着

永遠に続くかと思われた戦いは、俺のスタミナ切れというあっけない形で幕を閉じた。

「勝者――クレア・ウィンゲート!」

審判さんが勝者の名を告げると、会場は沸いた。

全身ボロボロ。起き上がることもできない。

そのうえ、敗北。

ゲーム時代に憧《あこが》れた彼女の剣が全くの別物に生まれ変わってしまったことは少しだけ寂しいけれど、それでもクレアはやっぱりクレアだったことが嬉《うれ》しかった。

だから、負けはしたけれど、不思議と清々《すがすが》しい気分だった。

剣の実力もこの試合だけで数倍パワーアップできた。

おそらく剣での戦いなら、クレア以外に負けることはないだろう。

最強の剣技を学ぶという目的は、達成できたのだ。

すると、トコトコと歩いてくる音がすぐそばまで近づく。

次の瞬間、バタッと隣にクレアが大の字になって倒れた。

びっくりして横を向くと、クレアは寝そべったまま空を見上げ、「あ~楽しかった!」と言っ

た。

「だろ？」とこちらを向く笑顔に、ドキッと胸が跳ねる。

「ああ……本当に楽しかった。ありがとう、クレア」

「こちらこそっ」

そう言って、二人で拳《こぶし》をコツンと合わせる。

「ところでさ。相談があるんだけど……」

「相談？」

上半身を起こすと、クレアは嬉々《きき》として言った。

「君がよければなんだけど、これからも定期的に剣の修業をしない？　もちろん王都とゼルディア領は離れているから、そう頻繁には会えないけど」

「え、いいのか？　それは光栄だな」

「本当！　やったあああああ！」

「ぐえっ」

年相応にはしゃぐクレアはこっちに抱きついてくる。
ク、クレアってこういうハグとかで感情表現する奴だっけ？
ゲームでは凜《りん》とした性格だけど、今は十歳だもんな。

まだこういう子どもっぽいところも残っているんだ。

「コホン。クレア・ウィンゲート、そろそろ表彰式を始めたいのだが？」

少し気まずい感じで近づいてきた審判さんに言われ、クレアはバッと立ち上がった。

クレアから解放された俺は残された僅《わず》かな力を振り絞って立ち上がり、控室に向かって歩き出す。

「待て。どこへ行くリュクス・ゼルディア」

「どこって控室ですよ。栄誉ある表彰式に俺のような奴は邪魔でしょう？」

「フッ。それはどうかな？　観客席を見てみるがいい」

「観客席？　あ……」

気が付けば俺に対するブーイングは完全に止《や》んでいた。観客たちは立ち上がり、クレアに拍手を送っている。

「クレアだけではない。この拍手はリュクス、君にも送られているものなんだ」

「俺にも？」

「君とクレアの戦いが観客たちの心を打った。あの素晴らしい試合が、ブーイングを歓声に変えたのだ。だから誇れ、リュクス・ゼルディア。君は素晴らしい剣士だ」

「あ、ありがとうございます……」

会場を包む、溢《あふ》れんばかりの歓声と拍手を全身に浴びて、嬉しさに体が震えた。

こういうのは選ばれし者、主人公やヒロインだけの特権で、少なくとも俺のような奴にはありえないんだと思っていた。

でも違ったんだ。

「あはは。なんか気持ちいいね。やっぱり楽しい勝負の後はこうでなくっちゃ」

誇らしげに笑うクレアに同意する。

そうだ。俺はただまっすぐに、全力であればそれでよかったんだ。

クレアのお陰で、気付くことができた。

地の底に沈んでいた俺を引き上げてくれたクレアに感謝と敬愛の思いを込めて、表彰式を見送った。

五章　夏祭り

剣術大会の次の日の夕方。

「ふぅ……なんとか回復したな」

全ての力を使い果たした俺は一日中ベッドで横になっていたのだが、ようやく立てるくらいには体力が戻ってきた。

「しかし……凄《すさ》まじい戦いだったな」

一時はこのまま俺が勝ってしまうんじゃと思った決勝戦。

だがそこは最強のヒロイン、クレア。

見事覚醒《かくせい》し、俺如《ごと》きの力など簡単に飛び越えていってくれた。

「凄《すご》いな……体中に力が溢れている」

疲労はまだ残っている。

でもそれ以上に自分が強くなった実感がある。

「これで……どんな奴が来ても負けることはないな！」

この王都遠征で最大の目的であったクレアとの戦い。

結果としては敗北してしまったが、それでも魔眼の力で最強クラスの力を手に入れることができた。

そして剣の腕前以上に大切なものも手に入った。

ゲームだと最悪の関係だったリュクスとクレア。

しかし正々堂々と全力で戦ったことで、爽《さわ》やかなライバル関係のようになれたのは、大きな進歩だ。

俺のリュクスとしての人生は、確実によい方向へと向かっている。

そう確信できた。

こうなればあとはもう、明日行われるパーティーを純粋に楽しむだけ。

「そう思ったら急に腹が減ってきた……ってかもう夕方か……一日無駄にしたな」

昨日あれからずっと寝ていたから、丸一日潰《つぶ》してしまったことになる。

俺は部屋を出て、一階へ向かう。

「何か飯……」

ブレファン世界は楽しいが、ちょっと小腹が空《す》いたからコンビニへ！　みたいなことができないのが時々面倒に感じる。

貴族故に使用人に頼めば軽食を用意してもらえるが、根が庶民だからか、なんだか申し訳なく感じてしまう。

「コピー飯でも作るか……ん？」

「おお我が弟よ。目覚めたのか？」

談話室に入ると、兄デニスがソファーに腰掛け本を読んでいた。

「兄さん、ご心配おかけしました。一日休ませてもらったお陰で、無事回復しました」

「ふぅん、別に心配などしていなかったがな。とはいえ昨日は野次が酷《ひど》かった。どうだ、気に病んではいないか？」

「いえ、大丈夫です。兄さんこそ、観客席の居心地が悪かったのでは？」

昨日のデニスたちは、野球で推しチームの対戦相手側のスタンドに座ってしまったようなものだ。さぞ肩身が狭かったことだろう。

「ふぅん。問題はない。我らゼルディアファミリーも負けじとお前のことを応援していたからな」

それならよかった。

「とはいえ最後の決勝戦はとても素晴らしい試合だった。クレア嬢との試合で見せたあの進化する剣術は、魔眼の力によるものなのだろう？」

「何故《なぜ》それを？」

「メイド見習いたちから聞いたのだ」

なるほど、モルガたちが。

「その話を聞いて得心がいった。夏季休暇中、私の魔法を見たがったのも——」

「兄さんの雷属性魔法を自分でも使えるようになりたかったんです。黙っていてごめんなさい」

バレてしまったのなら仕方がない。ここは正直に謝ることにした。

デニスは怒るだろうか？　緊張して、様子を窺《うかが》うと。

「ふぅん。ふふふふぅうううん。そうか……私の魔法に憧れてしまったか～」

あれメッチャ嬉しそうだぞ？

「あの兄さん……？」

「言わなくていい、リュクスよ。優れた兄の魔法に憧れる。弟として当然のことだろう。むしろ私はもっとお前に魔法を見せたい！　この兄を魔眼で見ろ！　さぁさぁ！」

「デニス様。リュクス様は病み上がり。あまり無理をさせては可哀想《かわいそう》ですよ？」

今にも庭に飛び出さんとするデニスを執事さんが窘《たしな》めた。

「ふぅん。とはいえ、魔眼を制御できるようになったことは大変喜ばしい。剣術大会準優勝の件も併せて、軽く祝勝会と行こう。何か作らせるが、食べたいものはあるか？」

兄の言葉に悩んでいると、執事さんが提案した。

「それでしたら、お二人で中央通りの方へ向かってみてはいかがですか？」

「中央通り？」

俺の言葉に執事さんが頷《うなず》く。

「はい。中央通りでは今、十年祭の祭りが行われています。王都のお祭りは出店が沢山出ていて、なかなか賑《にぎ》やかですよ」

そういえば剣術大会と王城でのパーティーに気を取られ過ぎていて、肝心のお祭りのことをすっかり忘れていた。

十年祭のお祭りというと変な感じだが、庶民たちが楽しむ縁日のような感じだ。

ブレファン本編でも一定数の好感度を持つヒロインを誘ってお祭りに出かけるデートイベントが

ある。

それも西洋風ではなく、まんま日本の夏のお祭り。

普通に『異国の料理』としてたこ焼きとかお好み焼きとか焼きそばとかを売っている。

「ふぅん、お祭りなど……庶民が大勢ごった返していてたまったものではない。我々上流階級が行くような場所では――」

「お祭り……行ってみたいです」

「ふぅぅぅっん！　すぐ支度をする。リュクスよ、待っているがいい」

勢いよく部屋を飛び出していく兄デニス。

その背をニコニコと見送った後、執事さんが言った。

「ではリュクス坊ちゃまも。お祭り向けの庶民の服を着て行きましょうか」

「庶民の服？」

「はい。浴衣《ゆかた》なる、お祭り用の正装にてございます」

＊＊＊

お祭り会場に到着すると、そこには大勢の人が集まっていた。

西洋風の通り道に露店がずらりと並んでいる。

ファンタジー強めな西洋風の建物と縁日で見る屋台が合わさった、なかなかにカオスな空間だ。

だが特筆すべきは、集まった人たちがみんな浴衣を着ていることだろう。

かつてお祭りのイベントを見たプレイヤーたちはみんな、剣と魔法のファンタジー世界なのに何故浴衣？　と疑問符を浮かべた。

それに対しての開発陣のコメントは『ですが、お好きでしょう？』というシンプルなもの。

はい、大好きです。

浴衣の可愛《かわい》い子たちが見られて幸せです。

ちなみにブレファンには定期試験、体育祭、プール、学園祭、ハロウィン、臨海学校、修学旅行、球技大会、クリスマス、バレンタイン＆ホワイトデーなど、おおよそ学園ものの定番行事は全部ブチ込まれているから今から楽しみで仕方がない。

早く学園に通いたいな。

「ふぅん、なるほど。これが庶民の祭りというものか」

初めこそ「ふぅん……こんな庶民の食事が私の口に合うとは思えんが……」と言っていた兄デニスだったが……「ふぅううううん！　このたこ焼きという料理はたまらんなぁ！」と、俺よりも祭りを満喫していた。

「焼きそばというパスタのような料理も美味《うま》かったし、わたあめなる菓子も素晴らしい。なるほどこれだけの人が集まるのも納得といったところか」

「メッチャ楽しんでますね、兄さん」

「リュクスよ。お前もこのたこ焼きを食べてみるがよい」

「いや、俺はさっきのジャガバターでお腹《なか》いっぱいで」

十歳児の胃袋は思ったよりも容量が小さいのだ。

「もう少ししたらまたお腹も空いてくると思うので」

「ふぅん、まぁ無理することはないが……む？　あれは確かコーラル嬢の妹ではないかな？」

「え……？」

デニスの指差した方を見ると、ひまわり柄の浴衣を着たエリザがいた。

長い髪を束ねてアップにしているためか、普段より大人びて見える。

なるほど、王子のために滅茶苦茶《めちゃくちゃ》気合いを入れてきたんだな。

微笑《ほほえ》ましいと思ったのだが。

「あいつ一人だな……迷子か？」

よく見れば周りには誰もおらず、エリザも不安げな表情で周囲をキョロキョロと見回している。

流石《さすが》に一人で来るとは考えられないし、連れとはぐれてしまったのだろうか。

「……ふぅん。リュクスよ。私は少し疲れた。あっちで休憩しているから、祭りはエリザ嬢と楽しむがいい」

「え？　でも……」

「祭りとはいえ、いや。祭りだからこそか。レディを一人にしておくのは危険というものだ。わかるな？」

「は、はい」

多分アイツが捜しているのは王子だろ……と思いつつ、確かに一人じゃ危ないなと思う。誘拐とかされたら洒落《しゃれ》にならない。

俺は兄デニスと別れ、エリザに声をかける。

「よう！　エリザも来てたんだな」

「え⁉　リ、リュクスじゃない⁉　もう体は大丈夫なの⁉」

決勝戦の後、一回ぶっ倒れたからな……心配してくれていたんだろう。

「まぁ大分回復したよ。心配してくれてありがとう」

「はぁ？　べ、別にアンタの心配なんてしてないんですけど⁉」

と言いつつ安堵《あんど》の表情を浮かべるエリザ。

今日もツンデレ具合が可愛い。

さらに浴衣姿も相まって、破壊力が数段アップしている。

「そっかそっかぁ。ところでエリザは？　まさか一人で来た訳じゃないよね」

「そうよ。殿下とお姉様と一緒に来たんだけど……まぁ、邪魔をしちゃ悪いと思ってね。二人きりにしてあげたのよ」

「なん……だと？」

王子と姉を二人きりにするために空気を読んだ……？

おいおいマジか。

目の前の女の子は本当にエリザ・コーラルなのだろうか？

「何よその信じられないものを見たような目は？」

「えっ……いいのかエリザ、あの二人から目を離したら……」

人目を憚《はばか》らずイチャつき始めるぞ。

「せっかく可愛い浴衣を着てきたのに、殿下と一緒にいなくていいのかよ？」

「別にいいのよ。こうしてアンタとも会えた訳だし……」

「……？」

いやマジでどうしたんだコイツ。

俺と会えてよかった？

い、一体どういうことなんだ？

「さっ、行くわよリュクス！　今日は庶民のお祭りを満喫するんだから！　私、あのチョコバナナってやつが気になっているのよね」

ああなるほど理解した。

つまり、体《てい》のいい財布を探していたということか！

幸い執事さんからお小遣いを貰《もら》っているので懐《ふところ》に余裕はある。

なんでも奢《おご》ってあげますよっと。

「さぁ行くわよっ！」

「あ、ちょっと待って」

俺はエリザの手を掴《つか》む。

「え⁉　な、なんのつもりよ⁉」

「いや。はぐれたら危ないからさ。移動する時は手を繋《つな》いでおこう」

「……うん」

「絶対に離すなよ」

「……うん。絶対離さない」

十歳の体でこの人混みは想像以上にキツい。

はぐれたら二度と再会できず、迷子まっしぐらだ。

「おじさん、チョコバナナ二つ！」

「あいよ！　二本で８００ゴールドだ！」

「えっとはっぴゃく……あのエリザ？」

「何よ？」

「えっと、手を繋いだままだと会計ができないんですけど」

「だから何？」

「その、一旦《いったん》離していただけると助かるのですが」

「嫌よ。離すなって言ったのはアンタじゃない」

くっ……この世界にキャッシュレス決済があれば……ってそういう問題じゃない。

「はっはは、お兄ちゃんたち熱いね〜！　これじゃあチョコも溶けちゃうぜ〜」

屋台のおじさんや周囲の大人たちにニヤニヤされながら、俺は足も駆使してなんとか会計を終えるのだった。

＊　＊　＊

チョコバナナを完食し、「さて次は何をしようか」と話していると。

「お～いリュクス！」

と、知った声がした。

俺は周囲を見回してみるが、それらしい人影はない。

「あはは。こっちだよ、こっち！」

俺は声のした方……頭上を見上げると、その人物と目が合った。

「クレア……ウィンゲート⁉」

「あはは。昨日ぶりだねリュクス！　完全復活したようで安心したよ！」

背後の木の上にクレアがいた。

クレアは浴衣ではなく薄手のパーカーに半ズボンといったスポーティーなファッションだ。

あれなら問題なく木に登れるだろう。

いや、なんで木に登っているのか意味はわからないけど。

「あの人、あんなところで何をしているのかしら？」

「わからない……」

ゲームに出てくるクレアはもっと大人びた人物だったのだが、十歳時点だとかなり幼いというか、よくも悪くも男子小学生のような性格をしている。

頭の横には犬のお面も付けているし、かなり祭りを満喫していることはわかる。

「そんなところで何してるんだよ？」

俺の質問にクレアはニヤニヤと笑うと、ある方向を指差した。

そちらを見てみると、若いカップルがベンチに座り、イチャイチャしていた。

「はい、あ～ん。どう？　たこ焼き美味しい？」

「うん。すごく美味しいよ。でもちょっと熱いかなぁ？」

「あらあらごめんなさい。それじゃあ……ふーふー。これでどうかしら？　あ～ん」

「ぱくり……んん！　美味しいよ」

うわ引くわぁ。

なんだあのカップル、完璧《かんぺき》に自分たちの世界を作ってやがる……って。

「殿下じゃねえか!?」

ベンチでイチャイチャしているのはルキルス王子とエリザの姉、エレシアだった。

「普段偉そうな殿下が鼻の下伸ばしてるからさ。少しちょっかいをかけようか、タイミングを見計らっていたんだ」

「やめてやれよ……」

不敬罪になるぞ。

そういえば騎士団総帥の娘であるクレアはずっと王都に住んでいるから、ルキルス王子とも関わりが深いのか。

クレア的には親戚《しんせき》のお兄さんみたいな感じなのかもしれない。

「お姉様ったら……全く恥ずかしい」

「ああ、エリザ的には辛《つら》いよな……」

何しろ片思いの相手と姉がイチャラブしているのだ。

「え、なんで？」

だが当のエリザはキョトンとした顔をしている。

「あれ？　い、いや平気ならいいんだけどさ」

凄《すご》いなエリザ。

所謂《いわゆる》、脳が破壊されるって状況に近いのに。

やはりヒロイン、メンタルが強い。

「あれ……ちょっと待ってリュクス。君の隣にいるのって……」

その時、木の上からクレアが飛び降りてきた。

「君、もしかしてエリザ・コーラル？」

「そういうアンタはクレア・ウィンゲートでしょ」

「あれ……あれ～？　もしかしてお二人はそういう関係だったりするのかな～？」

悪戯《いたずら》っぽく俺とエリザを交互に見るクレア。

「そそ、そそそういう関係ってにゃににょ！」

「落ち着けよ」

テンパり過ぎだろエリザ。

「男女が二人だけでお祭りに来てるって……つまりはそういうことでしょ？　いや〜驚いたよ、リュクスに婚約者がいるなんて。でも同じ御三家だもんね〜お似合いかも！」

「ち、違う！　こいつとは幼馴染《おさななじ》みで、今日も偶然会っただけだから！」

エリザの言葉に「そうなの？」と目だけで尋ねてくるクレア。

「ああ本当だ」

「へぇよかったぁ。……ん？　なんでよかった、なんだろう？」

「どうしたクレア？」

「ううん、なんでもない。でもまぁ、リュクスの幼馴染みなら私の幼馴染みでもある訳だよね？　幼馴染みが増えて嬉《うれ》しいよ！」

「「いやそうはならないだろ」」

俺とエリザの声が重なる。

「あ、そうだ。ねぇ、二人であれ買わない？」

「あれ……？」

クレアが指差した屋台には剣が売られていた。

もちろん本物ではなく、ビニールっぽい素材でできた、空気で膨らんだ剣だ。

WEB発の才能がここに集う！　四六判小説レーベル
カドカワBOOKS　7月の新刊

カドカワBOOKS
毎月10日
発売！

美味しい料理と
気ままな魔法薬作りで
スローライフ……
のはずが!?
B's-LOG
COMICにて
コミカライズ
決定!!!

家を追放された魔法薬師は、薬獣や妖精に囲まれて秘密の薬草園で第二の人生を謳歌する

著：江本マシメサ　イラスト：天領寺セナ

最低な夫に離婚され家を追い出されたベアトリス。「やっと自由になれる！」と祖父が残した隠れ家で、妖精達と賑やかな生活をスタートさせる。しかし、彼女が作る規格外な薬のせいで貴族に目をつけられてしまい……？

聖女じゃなかったので、王宮でのんびりご飯を作ることにしました 11

著：神山りお　イラスト：たらんぼマン

隣国ウクスナ公国へ遠征！
ファンタジー世界の森も食べ歩きで楽しく散策！

新興の国の偵察へ赴くフェリクス王に、チョコの原料･カカ王探しのため莉奈も同行することに。チョコのことは憂鬱……だけど、外の世界を見る貴重なチャンスと、持ち歩ける軽食･お菓子の用意に大張り切りで——？

デスマーチからはじまる異世界狂想曲 30

著：愛七ひろ
カバーイラスト：shri
／口絵・本文イラスト：長浜めぐみ

殺意マシマシな迷宮でのミッションは、
勇者達のお食事係!?

夢幻迷宮で魔王討伐を目指す勇者達に、故郷の味を再現できる料理人として呼ばれたサトゥー。今回は後方支援……のはずだったが、迷宮に潜む魔王が鼬帝国に保護されたはずのネズである可能性が浮上してきて……？

日本の縁日でもよく子どもが購入しているあれである。

俺も昔、ばあちゃんに買ってもらったな。懐かしい。

クレア曰《いわ》く、この世界で有名な魔剣を模しているらしく、いくつか種類がある。

「そういえばクレアって魔剣が大好きだったな」

「うん！　あ、私はグランセイバーを買うから、リュクスは別のにしてね」

「グランセイバーは魔剣じゃなくて聖剣だろ？」

「そうだった⁉」

聖剣グランセイバー。とあるヒロインとのルートでのみ入手できる、主人公の最強装備のひとつだ。

「まぁいいや。買ってさ、二人で昨日の決勝戦の続きをやろうよ」

「ここで？」

「無理かな……？」

「無理だろ」

この人混み、走り回るだけでも危ないのに、あんなものを振り回すのはもっと危険だろう。

普通の子どもがやっていれば『迷惑だなぁ』レベルで済むかもしれないが、クレアは本気で暴れ回るだろうし。

「うぅ……楽しいと思ったんだけどなぁ」

しゅんとするクレアを見て微笑《ほほえ》ましくなる。

ゲームのように成長するなら、こういうクレアは今しか見られないからな。

「なぁ、せっかくだから三人で一緒に回るか？」

「え⁉　私も一緒にいていいの？」

「当たり前だろ！　いいよなエリザ？」

「まぁしょうがないわよね。じゃ……ん」

「おう」

差し出してきたエリザの手を握る。

その様子を見たクレアが首を傾《かし》げた。

「どうして手を？」

「はぐれたら危ないでしょ？　だから移動する時はこうして手を繋ぐのよ」

何故《なぜ》か勝ち誇ったように言うエリザ。

「へぇ……それじゃあ私も繋がせてもらおうかな……んん？」

俺の手を「それじゃあ私も」と取ろうとしたクレアの手をエリザが余っていた手で握る。

「アンタは私と手を繋ぎなさい」

「ねぇ、本当に婚約者とかじゃないんだよね？　この娘《こ》、君へのガードが堅くない？」

困ったようにこちらを見てくるクレアに「婚約者じゃないよ」と念押しする。

「でも私もリュクスと手を繋ぎたいしなぁ……あ、そうだ！　こうすればいいよね！」

いいことを思いついた！　と顔を輝かせて、クレアは余っていた左手で俺の右手を掴んだ。

「ちょっと、なに勝手に手を繫《つな》いでるのよ？」

「えへへ、これで人混みでも絶対にはぐれないね！」

「いや輪っかになっちゃったから！　これじゃ移動できないから！」

三人それぞれ手を繫いだから円形になってしまっている。流石《さすが》にこんなんで移動は邪魔だし恥ずかしい。

仕方なく俺はエリザと繫がっている方の手を離そうとして……離そうとして……あれ？　離れない？

「はぁ？　私、この手を離す気はないんだから！」

ならしょうがないと、俺はクレアと繫がっている方の手を離そうとして……。

「あっ……そっか。そうだよね。ずっと剣を握ってきた私のゴツい手なんて、握っていたくないよね……」

急にしおらしくなるのやめて！

「でもこれじゃ動けないわよ？」

「あはは……困ったね」

「いや……エリザとクレアが繫いでいる手を離せよ！」

なんだよこの時間……いやマジで！

＊　＊　＊

一通り祭りを満喫した後。

「そろそろ花火だろう？　とっておきの場所があるからさ！」

と言うクレアの後についていく。

その道中。

「皆さん！　もうすぐ魔王様が復活し、国王による圧政の時代が終わる！」

「「魔王様！」」

演説をする黒ずくめの男と、その演説を興奮した様子で聞く若者の集団がいた。

「魔王様が支配する世界に身分はない！　全ての者が差別されることなく平等に教育を受け、平等に働き、平等に生きることができる！　無能な王族や貴族たちに従う必要などない！」

「おお！」

「素晴らしい」

「魔王様ちゅき～！」

「何よあれ……」

露骨に顔を歪《ゆが》めるエリザ。

だが怖いのだろう、握った手が少し震えている。

「魔王復活教か」

俺の言葉にクレアが頷《うなず》く。

魔王復活教とは、数百年前に勇者に倒された魔王を復活させるために暗躍する組織で、あのように今のスカーレット王家による絶対王政に不満を持つ民衆を引き込んでいる。

ゲーム『ブレイズファンタジー』における敵組織だ。

聞こえのいいことを言っているが、入信した者たちの末路は悲惨だ。

ゲームのリュクスも学園時代にいいように使われ、そして殺された。

生き延びることを目指す今の俺にとって、一番の敵。

「どうする？　潰《つぶ》す？」

「いや、見たところ末端の信者みたいだし、こっちにはエリザもいる。ここは迂回《うかい》しよう」

末端の信者とはいえ、ここに魔眼持ちのリュクスがいると気付かれる訳にはいかない。エリザやクレアまで目をつけられても厄介だ。余計なトラブルは避けるべきだろう。

「それもそうだね。あーあ。嫌なもの見ちゃったな」

「変な連中よね。数百年も前に死んだ魔王が復活なんてする訳ないじゃない」

魔王復活教の姿が見えなくなったことで、ようやく元気を取り戻したエリザが言った。

その言葉を聞いてハッとした。

待てよ……忘れていたけど、そういえば公式設定資料集に載っていた。リュクスが何もしなくても……魔王が復活する方法はいくつもあるらしい。

絶対に阻止しないと。でも……どうしたらいい？

魔王復活教に入っていない今の俺には、内部の動きが掴《つか》めない。ゲームでも描写されていない、設定上のみの情報で具体的なことは不明、奴らが今どの動きをしているのかもわからない。

思わぬ見落としに、頭を抱えそうになる。

クレアとの戦いで明確にレベルアップしたのを感じたが、それでも魔王が復活してしまったら、勝てる自信はない。要は、魔王が復活した時点で魔眼が奪われ、俺はゲームオーバーってことだ。

そこから先はゲーム通り、主人公とヒロインたちに魔王を討伐してもらうことになるだろう。

でもせっかくここまで頑張ったんだ。ゲーム通りに死ぬなんて真っ平ごめんだ。

となると、やっぱり復活をなんとしても阻止したい。ゼルディア領に戻ったら、魔王復活の方法について、いろいろと調査を開始しよう。

あと、万が一復活したとしても魔眼を守れるくらいに強くならないといけない。

もっと頑張らねばと、気持ちを引きしめる。

「クレア、俺たち絶対強くなろうな！」

「え、うん！　どうしたんだい、急にやる気になって？」

「いや、なんでもない」

「……？」

なんて話していると、ようやく街の中央付近、騎士団の派出所に到着した。

十階建てくらいの巨大な建物だ。

「ここの屋上が特等席でね。ささ、上がっていいよ」

「上がっていいよと言われても……」

建物の入り口に立つ騎士さんが物凄《ものすご》く青い顔でこっちを見ているんだけど。

「クラシェさん、お疲れ様です」

「こ、これはお嬢様でしたか⁉　き、今日はもしかして総帥の命令で？」

「あはは、違うよ。抜き打ち視察とかじゃないから安心して」

ホッと胸をなで下ろす騎士さん。

「どうせ中で宴会してるんでしょ？　お父様には黙っていてあげるから、私たちも屋上に上がらせてくれない？」

「他の騎士やその家族もいますが……」

よろしいですか？　と俺とエリザの方を騎士さんが見てくる。

「私は別に構わないわよ」

「俺も」

「じゃあ決まりだね。さあ入って」

俺たちを建物の中に先に行かせ、クレアは騎士さんに耳打ちする。

「二番ストリートのカフェの裏道、魔王復活教が演説している」

「了解しましたお嬢様。すぐに見回りの者を向かわせます」

なんてカッコいいやり取りをした後、クレアはいつもの調子に戻って「待ってよ〜」と追いかけてくる。

今日休みの者は明日働き、今日働いた者は明日、家族をここに連れてきて酒や花火を楽しむのだという。

屋上に上がると、数名の男たちとその家族と思われる女性や子どもがいた。

「お嬢様も来たんですね」

「子分を連れて花火ですか〜」

「子分じゃなくて友達ね」

「「とも……だち……!?」」

「なんでそんなに驚いている?」

なんて騎士団コントを見守っていると花火の時間になった。

ひゅーと音を立てて、空に炎の花が咲く。

魔法ではない。

現実と同じ職人の手で作られた花火は、しかしこの世界で見たどんな魔法より綺麗《きれい》だった。

視界に収まらないほどの大輪の花火と全身に降り注ぐ音の重圧に、ただただずっと空を眺めてしまう。

そういえば俺、本物の花火を見るのって、初めてかもしれない。

「凄い……」

生まれて初めての花火に、ひたすら圧倒された。

きっと俺は、この光景を忘れることはないだろう。

「私、この花火を……今日のことを一生忘れないと思う」

うっとりと花火を見上げながら、エリザが言った。

それにクレアも続く。

「私も……今年の十年祭は楽しかった」

二人は今日のことを忘れないと言った。

二人が俺と同じことを考えていたことに何故か感動してしまって、泣きそうになった。

もし俺が転生しなければ、この二人がこうして同じ場所で同じ空を見上げることはなかっただろう。

本来ならば数年先の未来で殺し合うはずだった男を含めて。

決して交わることのなかった三人の道が、どうしたことか今は一つに重なっている。

転生前の俺とも、ゲームのリュクスとも違う人生を歩むと決意して、頑張り続けて数ヶ月が過ぎた。

夜空に輝く花火の光が、そんな俺へのご褒美のような気がして。

なんだかとても、嬉《うれ》しくなったんだ。

＊＊＊

「もう……エリザったらどこに行っていたの？　心配したんだから」

花火の終了と共に、俺たちは祭り会場の方へと戻った。

（（嘘だ……））

エリザを心配した様子を見せるエレシアの言葉に、俺たち三人の心の声が重なった。

「君たちも。いくら強いとはいっても、子どもだけでうろつくのは感心しないな」

「はーい」

ルキルス王子のお叱りを子どもらしく適当にかわす。

「さぁ、私たちも帰るわよ」

「少しお待ちくださいお姉様」

そう言うと、エリザがパタパタとこっちにやってきた。

「ねぇ……アンタ。明日のパーティーなんだけど……その、ダンスの相手って決まってるの？」

「いや、決まってないけど……」

「ふぅん。ならいいわ！　それじゃ、また明日ね！」

「おう！」

仲良く帰っていく王子とエレシア、そしてエリザの後ろ姿を見守る。

「っておい、手を繋げ手を」

エリザの奴、王子ともエレシアとも手を繋いでいない。

「迷子にならないように」って王子と手を繋ぐチャンスだというのに……。

「遠回しに俺が甘えテクを教えたつもりだったんだが……伝わっていなかったのか」

「ねぇリュクス。明日のパーティーで踊る相手が決まってないって本当？」

「ああ。ってか、踊るつもりはないよ」

ダンスに関しては一応メイドさんたちに仕込まれたが、明日のパーティーはそこまで出しゃばるつもりはない。

明日のパーティーはメインヒロインと主人公のちょっとした出会いのエピソードが起こる重要な日だ。

何か余計なことをしてその出会いを邪魔する訳にもいかないから、クレアともエリザともなるべく出会わないように立ち回る予定だ。

「ふぅん、なるほどねぇ」

「なんだよその笑みは。絶対イタズラを思いついた顔じゃん」

「さぁてね！　それじゃ私はここで！　リュクスも気をつけて帰りなよー！」

「クレアもな！」

走り去っていくクレアに手を振る。

「なんか……急に一人になるとスゲェ寂しく感じるな……。さて、兄さんを捜さないと」

待ち合わせ場所くらいは決めておくべきだった。

この人混みの中を捜すのは苦労するぞ。

そう思っていた時。

『こちらはインフォメーションセンターです』

拡声魔法によって大きくなった声が会場に響いた。

何かあったのだろうか？

『リュクス・ゼルディア様。リュクス・ゼルディア様。お兄様がお待ちです。至急、救護テントまでお越しください』

「き、救護テントだって⁉」

兄に何かあったのだろうか。俺は救護テントまで急いで向かう。すると……。

「ふぅん……リュクスよ、よく来てくれた」

お腹を押さえて唸《うな》る兄デニスの姿があった。

心なしか顔が青ざめている気がする。

「す、すみません！　兄は……兄は大丈夫なのでしょうか⁉」

まさか祭りで食中毒でも発生したのだろうか？

俺は医者風のスタッフさんに尋ねてみた。

「いえ、ただの食べ過ぎですね」

「……」

兄さん……俺と別れてからもずっと食ってたんすね。

祭り、堪能《たんのう》したんですね……。

六章　十年祭

十年祭、三日目の夕刻。

俺はメイド見習いのメロンがデザインしてくれた衣装に着替えた。

髪をセットしてもらい、薄化粧まで施され、気分は芸能人だ。

鏡を見れば、そこには美少年が立っている。

うわメッチャカッコいいこの子、誰なんだろう……あ、俺か。

あの陰気な姿から、よくもまぁここまで変わったものである。

「素敵ですリュクス様！」

「はい。ゼルディア家の名に恥じない装いになりましたわ」

「ありがとう。二人についてきてもらってよかったよ」

俺の言葉に感極まったのか、メイド見習い二人は少し目を潤ませる。

「リュクス様。私も、メロンも、そしてここに来られなかった三人も。みんな、リュクス様にお仕えすることに誇りを感じています」

「十年祭を終えたら、リュクス様も立派な貴族の一員です。もう、我々が今までのように気安く接することもできなくなりますわ」

「えへへ……最後の機会だと思って、王都ではちょっとはしゃぎ過ぎちゃいました」

「そうか……」

メイド見習いの五人と俺は、今まで兄妹《きょうだい》のような関係だった。

もちろん主従関係はあったものの、やはり兄妹のそれに近い。

周りのメイドさんや執事さんたちも、俺たちのやり取りを微笑《ほほえ》ましげに見守ってくれていた。

だが、それも今日で終わる。

これから先、互いの立場にきっちりと線が引かれ、彼女たちも従者としての立ち振る舞いや態度を徹底的に仕込まれるのだろう。

「なんだか寂しいな……」

長らく会うことのなかった親戚《しんせき》の子どもたちを思い出す。

子どもの時は泥だらけになりながら外を走り回っていた女の子たち。

成長するにつれて壁ができ、たまに何かの集まりで会っても、昔のようにはしゃぐことはなくなった。

あのそこはかとない寂しさを思い出す。

「何を言っているんですか、リュクス様！」

「そうですわ。私たちは何も変わりません」

「これからもずっと一緒。それだけは、絶対ですわ」

「弟のように思っていたリュクス様の門出を見送れて……」

「本当に幸せですわ」

「二人とも……」

泣かせるような台詞《せりふ》を言いやがる……妹のように思っていた二人の言葉に、俺は天を仰《あお》いだ。

そして、一つだけ。

最後に確認することがある。

「ねぇ二人とも、俺のことを弟のように思ってたの？　兄じゃなくて？」

「はい！　私たちの大事な、可愛《かわい》い弟です‼」

「へ、へ～そうなんだ……」

今明かされる衝撃の真実に驚いているうちに、出発の時刻となった。

＊　＊　＊

「兄さんは駄目でしたか」

「はい……」

一夜明けても腹痛が治まらなかったので一応医者に診てもらったのだが、やはり食い過ぎによる腹痛との診断だった。

戦闘は魔法がメインのデニスは背が高いが体は細い。

普段からあまり食べる方ではなかった。

そこへいきなり沢山食べたから、胃が悲鳴を上げているのだろう。

「じゃあ、やっぱり……」

「はい。今日は旦那《だんな》様と……お父上とお二人で城へ向かっていただきます」

俺と父親の関係を知ってか、不安そうな執事さん。

「どうした。早くしろ」

既に到着していた馬車から声が響く。

穏やかながら圧力のある声だ。

「はっ。ではリュクス様、ご武運を」

「あはは……大げさですよ。父上との道中、楽しんできますから」

馬車に乗り込む。

そこには俺、リュクスの父であるグレム・ゼルディアが座っていた。

顔はリュクスよりデニスに似ている。

特段大柄という訳でも、鍛え抜かれているという訳でもないにも拘《かかわ》らず、風格と場を支配する威圧感がある。

これが貴族か……重い。

王都に来た時と同じタイプの馬車なのに、何倍も狭く感じる。

「早く座れ」

「え……？」

手を引かれ、グレムの横に座らされる。

一瞬驚いたが、対面で座るより横に座った方が楽なのだろうか……。

「出せ」

その一言で、馬車が動き出す。

「……」

「……」

グレム・ゼルディア。

ブレファンにはキャラクターとして出てこなかった人物だ。

御三家であるゼルディア公爵家の現当主で、現国王とは学生時代からの親友らしい。

魔物や災害による被害者を積極的に支援していることで有名。

うちの屋敷で働く執事さんやメイドさん、その他スタッフも全て各地の魔物の被害者たちで、モルガたちメイド見習いもそう。

そういった人たちからは神のように崇《あが》められていて、信頼も厚い。

身分に拘らずその人個人の能力や適性を見てどんどん仕事を振って活躍させていくその様は、まるでやり手の実業家のようだ。

観光資源であるグランローゼリオを活《い》かした事業により領地の財政も潤っている。

貴族としては百点満点の男と言っていい。

反面、自分の子どもにはとても厳しく、滅多に褒めることはない。

リュクスに関してはほぼいないものとして扱っていた。

おそらくだが、魔眼を持って生まれた俺を憎んでいるのだろう。

俺を産んだことを悔やんで死んだ母を愛していたらしいから。

ゲームのリュクスは父に憧《あこが》れを抱いていて、しかし魔眼を持つ限り決して愛されることはないと悟っていた。

だからこそあそこまで性格が捻《ねじ》れてしまったのだ。

一ゲームプレイヤーとしてリュクスはクソ野郎だと思うが、それでもこの生い立ちだけは同情する。

正々堂々と戦い勝ち取った剣術大会で二位の成績を以《もっ》てしても、『魔眼の子』という負のイメージは全く払拭《ふっしょく》できないのだ。

生まれ持った、自分ではどうしようもないことで無条件に嫌われるというのは相当キツい。

俺もクレアと戦うまでは、心が折れかけていたくらいだ。

今なら、リュクスがああなってしまったことにも少しは……本当に少しだけれど、同情できる。

まぁやはりその後のヒロインたちへの所業を見る限り、好感を持つことはできないけれど。

自分が辛《つら》い思いをしたからって、他人に酷《ひど》いことをしていい理由にはならないと思うから。

「……」

「……」

沈黙は続く。

地獄かな？

無言の重圧はキツいが、あと十分もすれば王城に到着する。

もう少しの辛抱。そう思っていた時だった。

「リュクス……魔眼はどうした？」

突然話しかけられた。

「え……？」

「魔眼はどうしたのかと聞いている。剣術大会の時は確かに……」

「父上、剣術大会を見てくれたのですか⁉」

「あ、いや……ゴホン」

兄デニスが「ふぅん、父上は剣術大会には来ないようだ。全くあれでも親なのか」と怒っていたのを思い出す。

だからてっきり、見に来てはいないと思っていたのだが。

グレムは何かをごまかすように咳払《せきばら》いすると、キッとこちらを睨《にら》んだ。

「お前の意見など聞いていない。私の質問にのみ答えろ」

「魔眼に関しては、能力を封じることができるようになりました。封じていると、このように瞳《ひとみ》は青くなるのです」

「ほう……」

一瞬、何かを懐かしむような表情を見せるグレムだったが、すぐに元の表情に戻る。

「ただ完全ではなく、大会の時のように気持ちが昂《たか》ぶると、魔眼の状態に戻ってしまいます」

本当は完全にオンオフできるが、念のため俺が作った設定を話しておく。

この前の剣術大会の時のように、戦闘中や観戦中に魔眼を起動して相手を観察していても怪しまれないための言い訳だ。

「つまりある程度の制御はできるということか……」

「はい」

「ならば平時はそうしておけ。魔眼を怖がる者は多い。特に……これから会う王女などな」

言われなくてもそうするよ。

ってか、今何か凄《すご》いことを言わなかったか？

「ち、父上……ええと」

「なんだ？」

「今、これから王女と会うとおっしゃいましたか？」

「当然だ。国王は我が盟友で……その娘、リィラ・スカーレットはお前と同い年だ。魔眼の子ということで今まで会わせるのは避けていたが……そのように封じ込められるのであれば問題ないだろう？」

「あ……はい」

しくじった……。

会わないつもりでいたのに……まさかこんなことになるなんて。

王女リィラ・スカーレット。

今年の十年祭の主役にして、『ブレイズファンタジー』のメインヒロイン。

そして——ゲームのリュクス・ゼルディアが最も憎む女である。

グレムSIDE

私の名はグレム・ゼルディア。

御三家最強のゼルディア家の当主である。

剣と魔法の才能には恵まれなかったが、新聞社が発表している『イケメン貴族ランキング』で五年連続一位を獲得している通り、顔には自信がある。

情報を何より重視する私は毎年新聞社に多額の寄付をしているが、それとランキングの結果にはなんの関係もないだろう。

現国王であるギーラ・スカーレットとは学園時代からの友であり、剣と魔法の腕を競い合ったライバルのような存在でもある。

それは互いに『国王』『御三家当主』となった今も変わらず、立場を越えて対等に意見し合える関係を築いている。

二十二歳で結婚し、すぐに子どもが生まれた。

男の子だ。私はその子にデニスと名付け、大切に育てた。

ちょっと笑い方に癖がある子だったが、それでも可愛らしい。

優秀な執事やメイドたちにも囲まれ、幸せだった。

だがその幸せは、突然終わりを迎える。

次男、リュクスの誕生だ。

私より妻に似て愛くるしい、きっと将来多くの女を泣かせるだろう端整な顔をしたリュクスが生まれて二週間目のある日。

ぱっちりと瞼《まぶた》を開けたこの子の瞳を見て、私は絶句し、妻は悲鳴を上げ気絶した。

赤く濁った、強大な闇の魔力を宿した瞳。

見るだけで身がすくむようだった。

若き日には毎日のようにダンジョンに潜り、仲間たちと冒険を繰り広げていた私でもだ。

宮廷魔法使いに鑑定させたが、確かに魔眼で間違いないとのことだった。

「この子を殺せグレム！　この子は魔眼の子……呪われた子だ！」

この国には『魔眼の子』という絵本がある。

百年前の占い師が書いた絵本だ。

ある日、魔眼を持って生まれた子が周囲に呪いを振りまき、様々な厄災を引き起こす。

そして魔王復活の依《よ》り代となり、この国を破滅に導く……というふざけた内容の本だ。

ちなみにこの絵本は私が発禁にしたので現在は読むことができない。

「我が子を殺せというのか？　できるかよぉそんなことが！」

王の発言に私はキレた。

「王としてではない、友として言っている」

「友として？　嘘をつけ腰抜けが！　自分の保身しか考えていないだろう？」

「自分のためではない。国民の安全を考えて……」

「この子とて国民だ！　こんな可愛《かわい》い子に世界が滅ぼせてたまるか！」

「私にはこの子が魔物の幼体にしか見えんよ」

「貴様……言ってはいけないことを言ってしまったな」

国王ギーラと数年ぶりの大喧嘩《おおげんか》をして帰ると、屋敷で妻が首を吊《つ》っていた。

遺書には『呪いの子を産み落とした罪を、自らの命を以《もっ》て清算する』と書いてあった。

友と喧嘩をし、愛する女を喪《うしな》い、私の心は崩れそうだった。

「あう……ああ……あう」

まだ何も知らないリュクスの無垢《むく》な笑顔だけが、当時の私の生きる希望だった。


子どもが生まれようが妻が死のうが、日々の激務はなくならない。

私は父である前に領主であり、家族よりも領民を優先しなくてはならない。

魔眼の子を恐れる使用人たちにリュクスを任せる訳にもいかず、私は赤子を連れて広い領地内を転々とした。

それから二年。

リュクスと同じ年に生まれたギーラの長女、リィラ・スカーレットの二歳の誕生日パーティーに参加した。

同じく二歳となったリュクスと一緒に。

そして、リュクスと対面したクソガキ……いや、リィラ様は突然泣き出した。

「恐ろしい……なんて恐ろしい目をしているの……怖い。怖いわ」と。

何もしていないのに同い年の女の子に指を差され「怖い」と言われ、泣かれる。

リュクスの心がどれほど傷ついたのか、私にはわからない。

初めての娘ということで親バカ化していた国王は「やはりこの場で魔眼の子を殺す！」と叫んだ。

王家に仇《あだ》なすものだと。

この国を亡ぼす存在だと。

「グレムよ、何故《なぜ》そこまでその子を庇《かば》う？　現に貴様はその子のせいで愛する妻を喪ったのではないのか？　まさか、野心を抱いたか？」

「野心？　何を言っている？」

「魔眼の子を魔王として育て、国を滅ぼし、新たな国王になろうとしているのではあるまいな？」

挙句の果てには私がリュクスを使ってクーデターを起こそうとしている。

そんな妄想まで始めてしまった。

私はその時、かつて共に国の未来について語り合った友が変わってしまったことに気が付いた。

「そうか。怪しいと思っていたんだ！　魔眼の子を愛するなど、ローグランドの民ではありえない。たとえ親であろうとな！」

私の愛すら、リュクスにとっては生きるための障害となるのか……。

私は考えた。

どうすればこの子が幸せに生きられるのかを。

国民から『魔眼の子』の恐怖を取り除くことはできない。数百年近くかけて人々の意識にすり込まれてきた魔眼＝怖いという認識は簡単には取り除けないだろう。

魔王が人々に植え付けたものは大きい。

一度外に出れば魔眼の子と蔑《さげす》まれ、恐れられ、そしてその度《たび》にこの子は傷つくのだ。

だが私が手ずから守っても、王や他の貴族たちが疑念を覚える。

魔眼の子を使って反乱を企《くわだ》てているのではと。

場合によっては暗殺を仕掛けられる可能性すらある。

「はは……魔眼とは本当に呪いではないか。我々ではなく、この子にとっての……」

私は涙した。

「ならば……せめて……屋敷の中だけでも」

その日以来、私はリュクスを徹底的に無視した。

愛する我が子として扱うのをやめた。

最初に意見してきたのは当時のメイド長だった。

「だ、旦那《だんな》様……リュクスお坊ちゃまが会いたがっておりますが？」

「無視しろ。貴様など、魔眼の子など私の子ではない。私がそう言っていたと伝えておけ。生かしてもらっているだけありがたく思えとな」

「あ、あんまりです旦那様！　魔眼の子とはいえ、リュクスお坊ちゃまはまだ二歳ですよ⁉　なんの罪もないというのに……」

「だったらお前らが面倒を見ればいいだろう？　はは、今嫌そうな顔をしたな？　お前とて魔眼の子の面倒を見るのは嫌なんだろう？　だったら私に偉そうなことを言うものではない」

「そのようなことはございません。旦那様がそうおっしゃるなら、我々がお坊ちゃまを育てます」

うあああああああああああああ心が痛いいいいいいいいいいいいいいいいい。

だがこれでいい。

リュクスを恐れていた使用人たちが、リュクスに対し同情を見せた。

私が一番リュクスに冷たく当たることで、他の者たちがリュクスを憐《あわ》れみ、情けをかける。

長男のデニスもリュクスを憐れみ、優しい言葉をかけているようだ。

私はきっとリュクスから恨まれ、嫌われるだろう。

しかし、それでいいのだ。

せめてゼルディア領の屋敷の中だけでも、リュクスが安心して暮らせる場所になれば……。

数日前、長男のデニスが私の職場……王城の執務室までやってきた。

入学式以来だから、半年ぶりくらいか。

私と対峙《たいじ》する時は常に怯《おび》えた表情をしていたのだが……今は険しい顔でこちらを睨んでいる。

「来週から始まる十年祭の剣術大会にリュクスが参加します」

もちろん知っている。内緒でＶＩＰ席を確保しているからな。

とはいえそんなことは口が裂けても言えないので、とぼけることにする。

「ほう……そういえばアレも今年で十歳だったか」

「……っ。リュクスは私と違い、剣の才能にも恵まれました。必ず優勝するでしょう。ですから父上、リュクスの応援に……いえ、せめてリュクスに会ってよくやったと、そう言っていただけませんか？」

「デニス……」

なんと……なんと素晴らしい兄弟愛。

夏休みが終わってから、デニスが魔法において非凡な成績を修めたことは既に知っている。だがそれを一切言わず、まず弟のことを進言する。

自分だって褒めてほしいだろうに、それよりも弟を優先したのだ。

貴族として、兄として、人間として成長した我が子の姿に泣きそうになる。

「馬鹿者め。魔眼の子が剣術大会で優勝でもしてみろ？　人々は恐怖に包まれてしまう。剣術大会など出なくてよい。今のうちに腕でも折っておけ」

「あ、貴方《あなた》という方は……」

怒りに肩を震わせ部屋を出ていくデニス。

これでいい。

デニスはリュクスを目一杯甘やかすだろう。

私は嫌われることになるだろうが……構わない。

とうの昔に覚悟は完了している。


十年祭のパーティー当日。

数年ぶりに見たリュクスの姿に私は驚いた。

亡き妻に似た顔立ちもそうだが、何より魔眼ではなく普通の目をしていたことに。

妻と同じ、青いサファイアのような瞳《ひとみ》。

誰だこの美少年は⁉　あ、私の息子か。

驚きのあまり、せっかく馬車の中で二人きりだというのに、緊張して何も話せない。

勇気を振り絞って魔眼のことについて聞いてみると、どうやらその力を制御し、平時ならば抑え込めるという。

やだ、うちの子天才過ぎ！　と心躍ったが、それは絶対に表情には出さない。

ついでに、いいことを思いついた。

ギーラとその娘、リィラ・スカーレット。

私とリュクスを引き裂く元凶となった二人に、立派になった息子を自慢してやるのだ。

リィラ・スカーレット

王都中央にある王城へ到着し、ようやく地獄のような馬車から解放された。

父に連れられ王城の中へ入る。

ゲーム内ではほとんど出番のない場所だが、それでも目に映る全てのものの質が高く、見ていて飽きない。

「あまりはしゃぐな。迷子になっても助けてはやらんぞ」

冷たく言い放つ父の後に続く。

空港のゲートのようなものを潜《くぐ》ると、一瞬でパーティー会場にワープした。

どうやら時短のため、城の中限定のワープポイントがいくつもあるらしい。

「お……おお！　これは」

パーティー会場の入り口でとんでもないものを見つけた。

「聖剣グランセイバー！」

「ほう、知っているのか」

感激する俺に父グレムが反応した。

またバッサリとこちらのテンションを下げるようなことを言うのかと思ったが……。

「触れてみるか？」

「え、いいのですか？」

「いいも悪いもない。元より多くの者に触れさせるためにここにあるのだ」

聖剣グランセイバー。

重厚感あるシルバーにメタリックレッドの差し色が美しいブレファン最強の剣のひとつ。

メインヒロインであるリィラルートでのみ入手できる武器だ。

かつて魔王を倒した勇者が使用した武器という設定があり、とある条件を満たした者のみが扱うことができる。

そのとある条件を、ゲーム内の人物たちは誰も知らないのだ。

知っているのは『もし剣を抜けたら王族の者と結婚できる』という言い伝えだけ。

プロローグでは主人公が内緒で抜こうとして失敗した。

後にこの聖剣に選ばれる主人公だが、プロローグ時点ではとある条件を満たしていなかったからだ。

気になるその条件とは『王女からの愛』。

リィラルートでしか手に入らないのも納得の条件だ。

「おお、これが……」

俺は興奮しつつ聖剣に触れる。

そして引き抜こうとして。

「だ、駄目でした」

何か見えない力に拒絶されるように手を弾《はじ》かれた。

「……」

一応報告したが、父は何も言わず、自分も聖剣に手を触れる。

「……」

聖剣を握りながら無言でこちらを向く父。

え、怖い怖い怖い。

いやどういうこと⁉

「俺も駄目だから気にするな」と言っているように見えなくもないが、リュクスを恨んでいるであろう父に限ってそれはないだろう。

俺は混乱したまま父の後に続き、パーティー会場に入る。

「凄《すご》い！」

パーティー会場に入るなり圧倒される。

豪華な会場には大勢の人が集まっていた。

主人公もここにいるんだよな……やべぇ、わくわくしてきた！

もちろん俺が絡むことはないが、それでもブレファンのストーリーがここから始まるのかと思うと興奮してくる。

「さてと。そろりそろり」

「待て。どこへ行く」

「くっ……」

「迷子になるぞ？」

父を撒《ま》こうと思ったが失敗した。

どうせ俺なんかに興味ないだろうし、すぐに撒けると思ったのだが……。

「ふむ、ここでは落ち着かないな。ついてこいリュクス。先に国王に挨拶《あいさつ》に行くぞ」

「は……はい」

まずい。

このままではリィラと会うことになってしまう。

本来のストーリーでは、リュクスは決勝戦でクレアにボコボコにされた後、すぐに領地に戻っている。元々ここにいるはずのなかった人間な訳で、つまりゲームではリィラとリュクスはこのタイミングでは会っていないのだ。

何か妙なことが起こってしまう可能性がある。

リィラとリュクスの仲は最悪なのだ。

しかしこの場から逃げる言い訳も思いつかぬまま、国王の前に来てしまった。

「来たかグレム」

席には派手な衣装を着た小太りの男が座っている。この人はゲームで見たことがある。

ローグランド王国の国王でリィラの父、ギーラ・スカーレットだ。

国王は立ち上がると、奥に座っていた自分の娘、リィラを呼び寄せた。

「可愛《かわい》いリィラ。ほら、こっちへおいで」

「はい、お父様」

リィラは気品ある仕草でこちらにやってくる。

輝く赤い髪と透き通るような金色の瞳。

髪と同じ赤いドレスはシンプルなデザインながら、彼女の魅力を引き立てている。

そんなリィラは父グレムの前に立つと優雅にお辞儀した。

「リィラ・スカーレットです。グレム・ゼルディア様、いつも父がお世話になっております。本日はお越しいただき、誠にありがとうございます」

おお、完璧《かんぺき》な挨拶！　流石《さすが》王女、可愛い！

だが父グレムはそんな王女の挨拶に対し、声もなく小さく口を動かした。

父の口は「クソガキがぁ」と動いたように見えたがおそらく気のせいだろう。

きっと「クソ可愛い～」に違いない。

「もうあれから八年になるのか。月日が経《た》つのは早いな」

そして、そんなことを言った。

八年という言葉に俺も王もリィラも首を傾《かし》げる。

「ええと、グレム様。私は生まれてから今年で十年なのですが」

「はっ……老いたなグレムよ。ついに年も数えられなくなったか」

「いや、リィラ様が私の息子を見てギャン泣きしてからもう八年も経ったのかと思ってな」

「なっ⁉」

いや何言ってんだこの親父⁉

「も、もう！　酷《ひど》いですわグレム様！」

「それだけリィラ様が変わられたということですよ。うむ、随分と大人になられた」

「そうだろうそうだろう。もう立派なレディと言って差し支えないだろう？」

「もう、お父様ったら」

おっ、なんか和《なご》やかなムードになったぞ？

なるほど、さっきの父の発言は親戚《しんせき》のおじさんムーブだったのか。

御三家である父は王都へやってくる機会も多い。リィラと顔を合わせる機会もそれなりに多かったのだろう。

親しさからくる気安い発言だったようだ。

「王妃に似てとても美しく成長された」

「グレム様はお上手ですね」

「おいおい謙遜《けんそん》するな、娘よ。あっちを見てみろ。お前と話したくてたまらない貴族の坊やたちがこちらの様子を窺《うかが》っているのだぞ」

「は、恥ずかしいです」

「お前に似なくて本当によかったな、ギーラよ」

「ぐっ……まぁ見た目は妻に似たが……私に似たところもあるんだぞ？」

なんかいいな。

俺抜きで盛り上がっているが、なんだか久々に会った仲のよい親戚のような会話だ。

頼むからこのまま平穏に終わってくれよ？

そう思っていた俺の儚《はかな》い希望は、父の次の言葉で砕け散った。

「確かに……未《いま》だ王家の聖なる炎を扱えない。魔法の不出来さは父親譲りといったところか」

「……!?」

「……っ」

一瞬で場が氷点下になった。

言いやがった……言いやがったよこの親父!?

地雷をぶち抜きやがったー!?

ここで軽く説明しておく。

ブレファン世界には王家の血筋を引く者だけが使える聖なる炎という魔法がある。

通常の炎属性とは違い、魔物に対して属性や耐性を無視した大ダメージを与える特別な魔法だ。

ゲームではリィラルートに突入したリィラのみ使用可能。

ルート限定魔法ということからわかるように、王家の人間が真の愛に目覚めると覚醒《かくせい》する必殺技だ。

王家が王家たる所以《ゆえん》とも言えるこの聖なる炎だが、現在これを扱える者は隠居した前国王のみ。ギーラ国王もルキルス王子も使えない。

なので聖なる炎に関する話題は貴族たちの間ではタブー扱いされている。

父グレムはそれを知っていて、敢《あ》えてブッ込んだ訳だが……。

王は怒りでプルプル震えているが、娘の前だからだろう。

引きつってはいるが、笑顔は崩さずに言う。

「だ……だがなグレムよ。リィラは炎・水・土・風の魔法を完璧に習得している。四属性だぞ、四属性！　素晴らしい才能だ！」

そう！　そうだよ王！

リィラは魔法の天才！

最初から四属性の魔法を使えるから、パーティーに入れると大活躍なんだ。

何せ主人公は、序盤は光属性しか使えないから。

俺は心の中で王を応援する。

だが父グレムも一筋縄ではいかない。

「四属性〜？　一属性使える者を四人集めればそっちの方が強いだろう？」

「浅はかだなグレム！　属性を融合させた魔法を使うことが多重属性持ちの真骨頂だろうが！　既にリィラは四属性融合魔法を発動可能だ！　そうだなリィラ？」

「は……はい」

「あ～凄い凄い（棒読み）。で、私の息子の雷属性（希少属性）に勝てるのか？」

「ぐうううううん」

悔しさのあまり変な声を出す王。

負けるな王！　頑張れ！　あんただけが頼りだ！

「そういえば、次期国王のルキルス殿下は我が息子デニスと同学年だったな。我が息子は希少な雷属性を極め天才と呼ばれ始めたが貴様の息子は？」

「次期生徒会長候補として活動している。有力な貴族の子どもたちとコネクションを築いている。力だけでは王は務まらないからな！」

「コネクションも結構。ですが実績を作らなければ、国民の信頼を得られぬ裸の王様まっしぐら。我が領地がエテザルの繁殖により窮地に陥っていた時、ルキルス殿下は一体何をしていたかご存じで？」

「な、何をしていたのだ？」

「ほう、知らないとは。まだ十歳の我が息子がエテザル討伐を指揮している最中、観光地で女と遊んでいたんだよお前の息子は！　しかもなんとその観光地とは、エテザルが大量発生していた我が領地グランローゼリオだったのだから驚きだ」

「ぐっ……だ、だが……」

「どうした？　もう反撃の手札は尽きたのか、ギーラよ？　すまない。私の息子たちが優秀過ぎてすまない」

クソみてーなマウント合戦だ。

さてはこの人たち、会う度《たび》にこのやり取りをやってるな？

一体いつになったら終わるのかとうんざりしていたら、服の袖《そで》をきゅっと引っ張られた。

「リィラ様？」

「あの……お久しぶりですリュクスくん」

俺が首を傾げると、俯《うつむ》いたままリィラは言った。

「リュクスくん。私は貴方《あなた》に謝らなければならないことがあります」

「リィラ様が、俺に？」

リィラ・スカーレット。

赤髪の可愛い、俺の愛するゲーム『ブレイズファンタジー』のメインヒロインだ。

パッケージでもちゃんとセンターを飾っている。

性格は真面目。

しかし、ちょっとだけわがままで世間知らずなところあり。

そんな彼女、リィラルートは王道そのもの。

王女としてまっすぐ育ってきたリィラの正義感と、平民として育ってきた主人公の価値観がぶつかり、そこにドラマが生まれる。

いくら恋愛に寛容なブレファンの世界とはいっても、流石に王女と平民の恋は許されない。

それでも二人はどうしようもなく惹《ひ》かれ合っていく。

デートイベントで見られるリィラの世間知らずな反応は必見。

だが許されざる恋の物語の最大の障壁は二人の身分だけではない。

幼きリィラが犯した罪の化身、リュクス・ゼルディア。

それはリィラの誕生日パーティーでのこと。

初めて見た魔眼の子を「怖い！」と拒絶してしまった。

それだけならよかったが、リィラの言葉を深刻に受け止めてしまった国王はリュクスを殺すよう、グレム・ゼルディアに指示。

けれどグレムはこれを拒否。

この出来事により親友だったギーラ国王とグレムの関係は悪化し、王家とゼルディア家の関係にも波及していく。

全国のギラグレ推しが激怒し、魔眼の子の悪評は国中に広がることになる。

そしてリュクスの父親であるグレムも、愛する妻の自殺と親友との仲違《なかたが》いの原因となったリュクスを憎むようになる。

それから十三年、ゲームのリュクスはひたすらリィラと王家を恨みながら生きてきた。

リィラルートのリュクスはひと味違う。

他のルートとは違い、鬼気迫るものがあった。

対峙《たいじ》するリィラとリュクス。

そこで、リィラは言う。「ずっと謝りたかった」と。

しかしもう遅い。既にリュクスは後戻りできないところまで堕《お》ちていた。

全てが手遅れだった。

リィラとの愛で聖剣を覚醒させた主人公はなんとかリュクスを撃退するも魔王は復活し、物語は最終局面へと移っていく……。

これがリィラルートでのリィラとリュクスの顛末《てんまつ》だ。

「リュクスくん。私は貴方に謝らなければならないことがあります」

だからこの言葉を聞いた時、驚いた。

全ての始まりの日である今日、ここでその言葉を聞けるなんて。

「私たちはかつて、会ったことがあるのです。私の二歳の誕生日……」

「うん、覚えてる」

リィラの瞳《ひとみ》が苦しそうに揺れる。

「私はあの時……酷《ひど》いことを……言いました。そのせいで、貴方は……」

リィラはずっと悔いていた。

二歳だった時の自分の言葉を。リュクスを傷つけたことを。

『君だけの責任じゃない。リュクスが堕ちたのはリュクスの責任だ』とは主人公の言葉だったか。

確かに、当時二歳だったリィラに責任があったと俺は思わない。

怖いものを見て怖いと言ってしまう。

それを誰が責められようか。

悪いとすれば大げさに反応した国王か……いや、そもそも魔眼を忌み嫌うこの世界そのものか。

「本当に……ごめんなさい」

深く頭を下げるリィラ。

ああ、やっと言えたんだ……。

リィラルートをプレイしていた俺は、リィラがこのことをどれだけ悔やんでいたのか知っている。

自責的なのだ、この子は。

まだ二歳だったんだから、仕方がない。

そうやって自分を納得させることがどうしてもできないのだ。

リュクスが魔王の魂を呼び出してしまったことさえも、元を辿《たど》れば私のせいだと自分を責める。

そんな葛藤《かっとう》や苦悩をずっと見続けてきた。

ゲームのリュクスはリィラの謝罪を拒否し、彼女の心に傷を残した。

遠い幼い日に傷つけてしまった男の子を救いたいと、ずっと願っていた少女。

その願いを踏みにじり死に様を見せつけることで、リュクスは復讐《ふくしゅう》を完遂させたのだ。

リィラルートをプレイしていた俺は、それがどうしても気がかりだった。

「ごめんなさい」

尚《なお》も謝るリィラ。

彼女の謝罪を受け入れるのは簡単だ。

でも、それはちょっと違う気がした。

「リィラ様……ご無礼を」

「リュクスくん……それは」

俺は魔眼を起動した。

眼球に闇の魔力が漲《みなぎ》る。

その魔眼を以《もっ》て、リィラをまっすぐに見つめた。

「……っ」

リィラの目が泳ぐ。

まるで逃げ出したいというように、目をつむる。

だがやがて、決意したように目を開いた。

俺の魔眼とリィラの目が合う。

そこに、恐怖はない。

ただ「謝りたい」という強い意志が宿っていた。

「よかった。乗り越えられたんだね、リィラ様」

「はい。そして、改めて言わせてください。あの時、酷いことを言って本当にごめんなさい」

「許すよ。俺はもう気にしてない」

リュクスも構わないだろう？

リィラはちゃんと目を見て、謝ってくれたぜ？

「……っ⁉　私を許すのですか？　私のせいで……貴方は」

「いいんだリィラ。ちゃんと目を見て謝ってくれて、すごく嬉《うれ》しかった」

「……はい。ありがとうございます。よかった。勇気を出して謝って……本当によかった」

目に涙を浮かべ、微笑《ほほえ》んでくれた。

はい可愛《かわい》い。

でもそういうキラースマイルは主人公のために取っておこうな？

「ところでリュクスくん？　今、私のことをリィラと」

「あ、やべ」

もういいだろうと魔眼を解除したところで、リィラに不意打ちのように突っ込まれた。

ヤバい。ノリで呼び捨てにしてしまった。

いやぁ、元の世界じゃ普通に呼び捨てしていたからつい。

ってかゲームキャラの呼び方って、主人公がそのキャラをどう呼んでいるかに引っ張られるよな。

自分より年下の先輩キャラとかでも〇〇先輩って呼んじゃったり。

「すみませんリィラ様」

「うふふ……構いませんよ。むしろその呼び方の方が心地よい。どうでしょう？　リュクスくんさえよければ、これからもリィラと呼んでくれませんか？」

「いやそれは流石《さすが》に……」

王女を呼び捨てなんて国王に見つかったら往復ビンタされるぞ。

「リィラ様にそんな無礼はできませんよ」

「様……？」

ぷくーっと膨れて怒るリィラ。

うん可愛いんだけど。

「えっと、リィラ……これでいい？」

「よくできました。満点ですよリュクスくん」

そっちはくん付けのくせに……なんという理不尽。流石王女。

「ところでリュクスくん。あと一時間くらい後でしょうか。我々子どもたちだけでダンスタイムがあるのですが」

「ああそうだったね」

エリザたちがそんなことを言っていたな。

俺は踊る気はないけどね。

「是非、私と踊っていただけませんか？」

「えぇ!?　なんで!?」

まさかの提案だった。

「な、なんでリィラ様が俺と……」

「様～？」（ぷくー）

「ああそうだった。リィラが俺と踊るなんて……一体どうして？」

「ふふ。簡単な話ですよリュクスくん。貴方と私が踊ることで、魔眼の子という因縁を今日で終わらせるのです。一生懸命考えた私の作戦なのです」

えへんと胸を張るリィラ。

「因縁を……終わらせる？」

「いいですかリュクスくん。王家の娘、つまり王女である私が魔眼の子であるリュクスくんと踊れば、もう誰も貴方を悪く言うことはできません。ね？　完璧《かんぺき》な作戦でしょう？」

「た……確かに」

リィラのドヤ顔はちょっと気になるが、作戦としては非の打ち所がない。

まさにシンプルイズベスト。

俺とリィラのダンスが、王家が魔眼の子を許したという証明になるのだ。

それをこの公の場でアピールすれば、周囲の人たちにも広く認知される。そうすることで、俺への嫌悪の反応も、少しは和らぐかもしれない。

なんて子だ。流石メインヒロイン……。

いい子過ぎるだろ！

「ゴメン……でも俺、君とは踊れない」

「ええ!?」

飛びつきたいくらいの魅力的な提案を、俺は蹴《け》った。

「わ、私の立場を気にしているのですか？　これは罪滅ぼしだから、私のことを気にする必要はないのですよ？」

「違うんだ……違うんだよ」

ゲーム『ブレイズファンタジー』のプロローグ。十年祭のパーティー。

ずっと退屈していた君はダンスタイムの間、主人公と共に会場を抜け出して、王城の中を探検する。


主人公とリィラが仲良くなるきっかけ。

『ブレイズファンタジー』の根幹を成す重要な出来事だ。

俺は自分が生き残るために戦闘パートのストーリーをぶち壊した。

そして大事なのは——主人公とヒロインがイチャイチャする恋愛ストーリーを見守ること！

だから君と踊る訳にはいかないだ。

「もしかしてリュクスくん……ダンスタイムの伝説を知っているのですか？」

「え。何それ？」

ダンスタイムの伝説？

ゲームだと主人公目線だからダンスタイムの様子なんて描かれない。

何か曰《いわ》くがあるのか？

「『十年祭のパーティーで踊った男女は将来幸せな結婚をする』という伝説が……」

リィラが何かを呟《つぶや》いたが、考え事をしていたせいで聞き逃した。

「ごめん。もう一回言ってもらってもいい？」

「あ、あはは。なんでもありません。知らないならいいのです。大したことじゃありませんし」

「そうか？　ならいいけど……あっ」

未だにマウンティングバトルをしているおっさん二人の方を見ると、そろそろ決着がつきそうな様子だ。

今のうちに離脱しよう。

「ちょっと！　どこへ行くのですか、リュクスくん！」

「内緒！　父上にはうまく言っておいて！　それじゃありがとう！　俺のこと考えてくれたの、すごく嬉しかった！」

初めは不安だったリィラとの邂逅《かいこう》だが、無事彼女の心の重りを取り除くことができた。

「ああ！　いよいよだ！　この後、いよいよ主人公とリィラが出会うんだ……はぁ楽しみだなぁ！」

主人公レオン・ブレイズとリィラの出会いのプロローグ。

彼らの物語が今始まる。

俺はそれを見届けることはできないが……それでもファンとして、心躍らずにはいられなかった。

＊　＊　＊

父グレムを撒《ま》いた俺はパーティーのご馳走《ちそう》を満喫した。

ゼルディア家の食事は基本的に質素なので、こういう豪華な食事は貴重だ。

ビーフステーキやローストビーフなど、普段食べられない肉を中心にいただいていく。

「っと、あんまり食べ過ぎると兄さんの二の舞だな」

腹八分目で切り上げ、トイレに行って軽く化粧直し。

そろそろ始まるダンスタイムに備える。

「エリザとクレアは誰かと踊るのかな。ああ、考えたらちょっと胸が苦しくなってきた……」

あの二人が主人公以外と踊っているところとか見たくない。

見たら脳が破壊されそうだ。

ブレファンでは幸い、主人公と結ばれなかったヒロインが適当な男とくっつくという展開はない。

とはいえこの世界で主人公レオンは一人だけ。

五人のヒロインのうち、誰かとくっついても四人は余る。

その四人が生涯独身ということはありえない。

いつかは俺の脳が崩壊する事件が起こるということだ。

「うん。今は考えないようにしよう！」

そういう難しい問題はスルーするに限る。

そう思い会場へ戻ろうとすると。

「弱小貴族の田舎娘が……調子乗ってんじゃないわよ！」

人通りの少ない廊下で、何やら貴族の子どもたちが揉《も》めているようだ。

ド派手なドレスを着た三人の女の子が、青いドレスを着た黒髪の女の子を囲んでいる。

「ええと……あの……」

「ってかさぁ、何そのドレス？」

「超ダサくない？」

「成り上がりって嫌ねー」

「こ、このドレスはお母様が作ってくれたドレスで……だから、バカにしないでほしいです」

「はぁ？　私たちに指図するつもり？」

「あんた立場わかってんの？」

「伯爵令嬢の私に逆らったらどうなるか……思い知らせる必要があるようね」

「うわぁ……もしかしてイジメってやつ？」

伯爵令嬢とか弱小貴族とか聞こえたな。

俺は御三家……公爵家のリュクスに転生したから、家の身分とかで文句を言われることは今までなかった。

だがもう少し下の階級の貴族になると、こういった階級マウントがあるようだ。

「あの……もうやめてください！」

お、イジメられている方の子が強く言った。

いいぞ、負けるな！　って……。

「はぁ……生意気なんですけど？」

伯爵家の子は炎の魔法を起動したぞ!?

そして残りの二人は黒髪の子が避《よ》けられないように両サイドから羽交い締め⁉

おいおい女の子のイジメってここまでやるのかよ⁉

「や、やめてくださいっ」

「その見窄《みすぼ》らしいドレス、全部燃やしちゃうから！」

いじめっ子は手の平に集約させた炎の魔法を放とうとする。

だが。

「はいストップ」

俺は伯爵家のいじめっ子の腕を掴《つか》んで魔法の発動を中止させた。

「伯爵令嬢の私になんと無礼……なっ⁉」

俺を睨《にら》んだいじめっ子の顔が青ざめる。

この反応、どうやら俺のことを知っているらしい。

「ま……魔眼の……？」

「きゃあああああ」

「許してくださああああい」

「あ、ちょっと待ちなさい！」

俺が魔眼の子、リュクス・ゼルディアだと知った途端、伯爵令嬢の取り巻きだった二人は逃亡した。

「パーティーではしゃぐ気持ちはわかるけどさ……ちょっとやり過ぎだよね？」

「くっ……放しなさい」

「あっ……おい」

しまった。

あんまり痛くならないように優しめに掴んでいたから振りほどかれた。

いじめっ子ちゃんはそのまま走って逃げてしまった。

「あいつ……謝らないままで」

顔と伯爵家って情報は得たから、あとで調べておかないとな。それより。

「えっと、大丈夫？　怪我《けが》はない？」

まるで夜空のような青いドレスを着た黒髪の女の子。

どこか日本人っぽい雰囲気を纏《まと》った少女は、ぽかんと俺の顔を見つめていた。

「リアクションないけど本当に大丈夫？」

「あわわわ……はい！　大丈夫です……助けていただき、ありがとうございました」

ぺこりとお辞儀をする少女。

「わ、私、アズリア・フルリスです。父の爵位が男爵で、それで今日はパーティーに招待していただけました」

「フルリス……」

聞いたことのない名前だ。

とんでもなく可愛《かわい》い子だからもしかして？　とも思ったが、ゲームには登場していないキャラだ。

「俺はリュクス。リュクス・ゼルディア。よろしくアズリア」

「ゼルディアって。こ、公爵家令息様……はわ」

「おっと！」

フラッと倒れそうになるアズリアを支える。

体に触れると「ひゃっ」と悲鳴を上げた。

「ゴメンね。でもあのまま倒れると怪我するかもだし、素敵なドレスが汚れちゃうし」

お母さんに作ってもらった大事なドレスだと言っていた。

俺そういうのに弱いんだよね。

「あああああありありありがああ」

きっと身分が違い過ぎて緊張しているのだろう。

俺自身は全然大した人間じゃないんだから、気にしなくていいのにね。

俺はアズリアをパーティー会場まで引き摺《ず》っていき、水を飲ませた。

一息つくと、ようやく落ち着いたようだ。

「改めて、アズリア・フルリスです。リュクス様。先ほどは助けていただいて、本当にありがとうございました」

「いやいいって。それより災難だったね。せっかくの楽しい日だってのに、あんな連中に絡まれるなんて」

「いいんです。私の父が元庶民だから……貴族の方々が気にくわないのは当然です」

元庶民……ということは、なんらかの手柄を立てて王から貴族の位を与えられたのか。

「お父さんは、元々は何を？」

「はい。父は元々、世界各地を回る行商人だったみたいで。それで、前国王陛下に献上した地元のお菓子が気に入られて男爵位をいただいたのだとか」

「へぇ……優秀な方なんだね」

「そ……そんな公爵令息様に褒めていただけるなんて……嬉《うれ》しいです」

ああ……なんか落ち着く。

というか、どこか懐かしい。

というのも、ブレファン世界の住民はみんな顔が西洋風だ。

エリザたちヒロインも、モルガたち使用人もみんな。

そんな中、このアズリアは日本人風の顔をしている。

そのためか、酷《ひど》く郷愁を感じる。

クラスで一番可愛かった、片思いの女の子と再会した気分だ。

うん、この例えはよくわかんないな。

「ええと……リュクス様？　そろそろ行かなくていいのですか？」

「え、何が？」

「もうすぐダンスタイムが始まります」

「うん、そうだね」

「リュクス様は公爵令息ですよね？　踊らないとまずいのでは？」

え、そうなの？

父上から何も聞いていなかったけど……。

「いや……特に何も言われなかったし大丈夫なはず。それに、ほら……俺、魔眼の子だし。俺が踊っていたら場が白けちゃうし、相手の子にも迷惑だからさ」

「そうでしょうか？」

「そうだよ。魔眼の子の嫌われっぷりは半端じゃないぜ？　みんなには俺が魔物か何かに見えているのさ」

「でも、私には王子様みたいに素敵な男の子に見えました」

「え……？　王子様？」

尋ね返すと、アズリアはボンッと音を立てて顔を真っ赤にした。

「あ、あれれ私一体何を言っているんだろう⁉　リュクス様は公爵家のお方で王子ではなくて……」

またあたふたモードになってしまった。

可愛いなこの子。

「ありがとうアズリア。魔眼の子だからって怖がられなかったの、結構嬉しい」

「あわわわわわ」

聞いちゃいねぇ。

また落ち着かせなきゃなと水を飲ませていると、会場が暗くなった。

人々がぞろぞろと動き、会場の中央にスペースが出来上がり、そこに照明が集まる。

そして、数組の貴族の子どもたちが男女ペアとなって前に出る。

「ダンスタイムが始まったのか……」

どこからともなく曲が流れ、ダンスが始まった。

子どもたちのダンスはつたないが初々しくて、楽しそうだ。

曲もいい。ゲームのどこかで聞いたことのあるような懐かしい感じだ。

俺はちらりと王族専用の席を見る。

リィラの姿はない。どうやらゲームのシナリオ通り、会場を抜け出したようだ。

今……王女リィラと主人公レオンはどの辺を探検しているのだろうか。

俺がゲームで見た通りの会話をしているんだろうか？

それとも全く違う会話をしているのか。

ともかく、今この瞬間から、『ブレイズファンタジー』のストーリーは始まっていくのだ。

「最高の気分だな」

グラスに注いだジュースを飲みながら、楽曲に耳を傾ける。

まるで貴族にでもなったかのような贅沢《ぜいたく》な気分だ。

あ、俺貴族だったわ。

「はぁ……素敵だな……」

メイド長さんに厳しくダンスを仕込まれた俺にはつたなく見えたが、隣のアズリアはうっとりとした表情でダンスを踊るペアを見ていた。

「随分と楽しそうだね」

「だって、貴族様のダンスパーティーだよ!? カッコいい貴族の殿方と踊る……全女の子の憧《あこが》れだよ！ それが見られるなんて……幸せ過ぎるよぉ……です」

完全にため口になっていたのに気付いて最後だけ『です』を付けたアズリア。

別に同い年だし、ため口でいいんだけどね。

曲が進むにつれて、会場全体にあった照れくささのようなものが徐々になくなっていく。

俺たちの周囲でも「僕と踊ってくれませんか？」「喜んで！」と次々にペアが誕生していく。

「そっか」

こう言っているが……アズリアは今日のパーティーを楽しめたのだろうか？

嫌な女の子たちに絡まれて暴力を振るわれそうになって。

助けてくれたのも魔眼の子という嫌われ者で。

割と最悪な思い出なんじゃないだろうか？

なんか嫌だな。

この最高の日に、嫌な思い出だけ作って帰っていく女の子がいるのは。

「この子となら……」

踊っても問題ないはず。

『ブレイズファンタジー』には登場しないこの子なら。

魔眼の子だと知っても気味悪がらないこの子なら。

そう思い、俺は彼女の前にひざまずく。

「アズリア・フルリスさん。俺と——踊ってくれませんか？」

「ひゃっ⁉　わ、私なんかで……本当にいいんですか？」

「君は俺のことを魔眼の子だなんだと言わなかった。それがすごく嬉しかった……じゃ、駄目かな？」

「嬉しい……私、こんなに幸せでいいのかな？」

「幸せになるのに資格とかいらなくない？」

「そうなのかな。ええと……こんな私でよければ……喜んで！」

アズリアは笑顔で俺の手を取ってくれた。

七章　この世界はゲームにあらず

無事ダンスを終えた俺とアズリアは適当な席について食事をしていた。

「このパーティーのお料理はね！　王都中のレストランのシェフさんが集まって作ってるんだよ！　こんなの一生に一度の機会なんだよ！」

「マジか」

俺はどうしても兄の姿が頭に浮かんで食が進まないのでお菓子だけで済ませ、あとはパクパク食べては幸せそうにもぐもぐするアズリアを見て楽しむ。

そしてアズリアと互いのことを話しつつ、俺は裏で進行しているはずのプロローグイベントに思いを馳《は》せる。

『ブレイズファンタジー』プロローグ。

竜殺しの英雄と呼ばれる偉大な父を持つ主人公レオンが、父に連れられ王城へやってくるところから始まる。

その日は年に一度の十年祭のパーティー。しかも王女様が十歳ということで、いつも以上に盛大に行われている。

そこでレオンは王女リィラと出会う。

大人たちとの挨拶《あいさつ》ばかりで退屈していたリィラは一瞬でレオンを気に入る。

『ねぇ。抜け出そうよ』

意気投合した二人は大人たちの隙《すき》を突いて会場を脱出。

王城の中を探検する。

ドキドキとワクワクと、ほんのちょっとの不安を感じながら、二人は小さな冒険をするのだ。

そして二人は発見する。

子どもしか通れない細い通路。ワクワクしながら進む二人。

その奥にある宝物庫には展示から戻された聖剣グランセイバーがあった。

王女リィラはイタズラっぽく言う。

『この剣を引き抜けた者は、王族と結婚できるのですよ?』と。

ドキドキしながら剣に触れるレオン。

何も起きない。

項垂《うなだ》れるレオン。

けれど目の前のリィラにこう言うのだ。

『いつか、この剣を引き抜くことができるくらい強くなって、君の前に戻ってくるよ』と。

それは少年なりの誓いの言葉。

初めて好きになった女の子への精一杯のアプローチだった。

『私も……』

だがリィラの言葉が終わる前に、宝物庫の扉は開かれる。

王女がいなくなったことで、お城中がパニックになっていたのだ。

国王にこってりと叱られる二人。

けれど全然悲しくなかった。

二人の思いは、いつかまた再会する未来へ向いていたから。

英雄の息子と王女リィラの小さな大冒険は、こうして幕を閉じるのだった。

いや、いいよね。

大人の介入しない、子どもだけの秘密の大冒険って感じが好きだ。

さらにこの出会いが後の学園生活にも活《い》かされていくからね。

「さてそろそろかな……」

「うん……そろそろデザートが運ばれてくる頃だね！」

「いや、そうじゃなくて」

すっかり打ち解けてため口で話してくれるようになったアズリアは、美味《おい》しいものを狙う狩人《かりゅうど》のようになっていた。

でも俺の狙いはスイーツじゃない。

そろそろ王女がいないって騒ぎになり始める時間だ。

今頃宝物庫では、甘酸っぱい青春が繰り広げられているんだろうな。

なんて考えていると、俺たちの席の横を一組の親子が通り過ぎていった。

「おーいレオン。そろそろデザートらしいぞ？」

「むにゃ……ボクもう疲れたよ……眠ーい」

「ったくしょうがねぇな。ちと早いが、おいとまするか」

「は？　え？　……はぁあ⁉」

一人は屈強な体をした男……英雄レオ。

ゲーム通りの見た目と声だったからすぐにわかった。

そしてその背におんぶされているのは……主人公レオンだ。

金髪の後ろ姿。間違いない。顔は見えなかったが、あれは間違いなくレオンだ。

俺が呆気《あっけ》にとられている間に、主人公親子は会場から出ていってしまった。

「ど、どうしたのリュクスくん？」

「え……ちょっと待ってくれ……なんでレオンがここに……リィラとは出会わなかったのか？　じゃあリィラは……」

俺は目立つ場所にある王族専用の席を見てみる。

リィラの姿は見えない。

それどころか、なんだか慌ただしいような……。

「リィラ様がいない……」

「ダンスタイムの前くらいから行方不明らしい」

「誘拐か？」

「セキュリティは完璧《かんぺき》だ、ありえん」

「全く困ったお方だ」

「衛兵たちにも伝えろ。お客様方には悟られないようにな」

王城のスタッフさんたちの緊迫した声が聞こえてしまった。

「王女様が行方不明だって……心配だね……リュクスくん？」

リィラはいない。でもレオンとは一緒じゃない……。

つまりリィラは一人で会場を抜け出したのか？

なんで？

どうして？

レオンは半分眠った状態で父親に運ばれて帰っていった。

レオンと出会わなかった？

それとも、ゲームのように意気投合しなかった？

そんな馬鹿な。

何故リィラだけが会場から姿を消しているんだ？

レオンに連れ出されなければ、そもそもリィラが会場を出ていく理由はないはずなのに。

わからない……だけど胸騒ぎがする。

何かとんでもないことが起こっているような気が……。

「王女様、まだお城の中にいるのかなぁ……捜してみるね」

頭が真っ白になった俺の耳にアズリアの声が届いた。

「捜すって……どうやって？」

「えへへ。これを使うんだよ」

アズリアは首にかけていたペンダントを外すと、チェーンを取り、紐《ひも》を付ける。

綺麗《きれい》なアクセサリーかと思っていたが、それはどうやら振り子のようだ。

「ペンデュラム？」

「そう。それでね。こうすると……」

アズリアが手で持ったペンデュラムを振る。するとペンデュラムから光の粒子が溢《あふ》れ出して、それらが形を成していく。

半透明の３Ｄモデルのような王城が出来上がっていく。

その中に、小さな赤い点があった。

「この赤い点が王女様の位置だね。よかった～お城の中にいるみたい。周りに貴金属？　が沢山あるから、宝物庫なのかな？」

「アズリア……これはどういう能力なんだ？」

ペンデュラムを使って立体の地図を作り出すなんて。こんなスキルや魔法はブレファンには存在しなかった。

「探知魔法だよ。えへへ、私が唯一使える魔法なんだ」

「凄《すご》いよアズリア！　こんな魔法、見たことない！」

「そ、そうかなー？　そう言われると自信になるなぁ……あれ？」

「どうした？」

「う、うん……王女様の近くに……宝物庫の中に誰かいる。なんか……寒気がするくらい黒くて……怖い」

「そいつの名前とか、わかったりしないか？」

「わかるよ。でも、なんだか読みにくい名前。えっと。マスマテラ・マルケニスかな？」

「なっ……」

思わず言葉に詰まった。

まさかこんなところで、その名前を聞くことになるとは思わなかったからだ。

マスマテラ・マルケニス。

ゲーム『ブレイズファンタジー』のラスボスが復活した魔王だとするなら、このマスマテラという男は黒幕キャラである。

敵組織である魔王復活教の教祖にして、最悪の敵。

ゲーム内で起こる全ての事件の元凶。

どのヒロインのルートに進んでも、リュクスと協力して魔王を復活させ、リュクスから魔眼を奪い取る。

魔王ほどではないが、それに次ぐ強さを持つ強敵だ。

なんでそんな大ボスが今、こんなところに？

奴が本筋に絡んでくるのはもっとずっと先の話で……だから十年祭が終わったらそれに備えようと思っていたのに。

こんな展開、ゲームではなかったはずなのに。

俺の予想よりずっと早く、敵が動き出したとでもいうのか？

「助けに……行かなくちゃ」

声が震える。

声だけじゃない。

手も足も、恐怖で震えている。

クレアとの戦いを経て、俺はかなり強くなった。

だがそれでも……今の俺が、ラスボス一歩手前で戦うような大ボスと戦って勝てるのか？

そんな奴を相手に、リィラを助けることができるのか？

『是非、私と踊っていただけませんか？』

あの時、俺がリィラの誘いを断らなければこんなことには……。

いや、後悔していても仕方がない。

ゲームでは最悪の関係性だった二人が、せっかく仲良くなれたのだ。

こんなところでリィラは死なせない。

彼女を助ける。

レオンが帰ってしまった今、動けるのは俺だけだ……でも道がわからない。

プロローグはアドベンチャーパートの会話劇で進んでいくから、マップ探索がなかったのだ。

「アズリア……俺たちがいるここから、宝物庫までのルートを出せるか？　どこかに秘密の抜け道があるはずなんだ」

「や、やったことはないけど……頑張る！」

アズリアの表情が真剣なものに変わる。

すると、３Ｄマップに新しい点が出現、そこから線が伸びて宝物庫へと繋《つな》がった。

これが宝物庫への隠しルート。

「凄いぞアズリア！　これでリィラを助けられる」

「ってことは……やっぱり王女様は悪い人と一緒にいるんだね？」

「うん。このままじゃリィラがヤバい。だから俺は助けに行く」

なんで主人公レオンがリィラと共にいないのか、大ボスであるマスマテラが出張ってきたのか、その理由はわからない。

いや……そもそもゲームではここにいなかったはずのリュクスがいるのだ。

逆にどうしてゲーム通りに事が運ぶと思っていたのか。

ここはゲーム、『ブレイズファンタジー』の世界にそっくりだが……確かな現実で。

そして、ここに生きる人たちはキャラクターではなく、人間なんだ。

そんな簡単なことにどうして今まで気付かなかったのか。

少し前の自分を問いただしてやりたい。

だがそれは今じゃない。

今はとにかく、リィラのことを助けなくては。手遅れになる前に。

「アズリア、君は陛下やお城のスタッフさんたちにこのことを知らせてあげて。宝物庫に人を集めるんだ」

「わ、わかった……やってみる！」

「よろしく頼んだぜ！」

「待って……道が複雑だけど、じゃあな！　わかるの⁉」

「ああ！　これで覚えた」

道筋は全て魔眼で記憶した。

間違えることなく、最短ルートでリィラの下へ向かう。

アズリアSIDE

「お父さんは偉い人たちとお話があるから……アズリアは同い年の子と遊んでおいで」

お父さんはこれから偉い人たちと仲良くなるために頑張るそうです。

領地を持つって大変です。

私もお友達が出来たらお父さんの助けになるかも？　そう思って勇気を出して声をかけましたが、みんなに鼻で笑われてしまいます。

どうやら貴族の方々には、私が元庶民ということはすぐにわかるようです。

挙句の果てには伯爵令嬢さんを怒らせてしまいました。

「成り上がりの分際で私に声をかけるなんて……生意気」

「はわわ……」

このまま処刑されてしまうのでしょうか？

そう思った時、王子様のような男の子が助けてくれました。

お母さんの作ってくれたドレスを褒めてくれました。

そして、その子は助けてくれただけじゃなく、私をダンスに誘ってくれました。

へたっぴな私を優しくリードしてくれて。

彼に身を任せているだけで、私までお姫様になったみたいで。

まるで、夢のように幸せな時間でした。

「よろしく頼んだぜ！　じゃあな！」

勢いよく飛び出していく彼の背を、私は少し寂しい気持ちで見送りました。

私を助けてくれた王子様は、私だけの王子様ではなかったのです。

彼は、本当のお姫様のところへ行ってしまいました。

溶けてしまいそうに甘くて、幸せで……ちょっぴり苦い。

そんな夢みたいな時間でした。

ほんの少しの間だけど、それでも私は、あの男の子に恋をしてしまいました。

最後はちょっと寂しい。

「でも、落ち込んではいられないよ」

私の唯一の取り柄だった探知魔法が、あんな凄い人に褒められた。認められた。

そして何より、私を頼ってくれました。

その期待に応えるために頑張ります！

「あの！　王女様の居場し……」

「今忙しいから邪魔しないでー」

「あ、あの！　王女様の」

「子どもはあっちで遊んでなさい！」

「はうっ」

ど、どうしようリュクスくん……大人たちは殺気立っていて、全く話を聞いてくれません。

くじけそうになっている私のところに、二人の女の子がやってきました。

一人はピンク色の髪のとっても可愛《かわい》らしい女の子です。

「ご、ごきげんよう。私はエリザ・コーラル。よろしくね……？」

こ、公爵令嬢様あああ⁉

「やぁ！　私はクレア・ウィンゲート。よろしく」

き、騎士団総帥の娘さんんん⁉

と、とんでもなく凄《すご》い方々にいきなり話しかけられました。

あれ……あれ？

気付けば、お二人にがっつり肩を掴《つか》まれています。

に、逃げられません。

「貴女《あなた》、リュクスと踊っていた子よね？　リュクスとはその、ど、どういった関係なのか聞かせてもらってもよろしいかしら？」

どうやら私とリュクスくんのダンスを見ていたみたいです。

「リュクスの友達なら私の友達みたいなものだよね？」

「家名とお名前を聞かせてくれるかしら？」

「きっと私たち、凄く仲良しになれると思うんだよね」

え、笑顔です。

お二人はとても笑顔です。

でも……物凄く怖いです！

このお二人もリュクスくんのことが好きなのでしょうか？

リュクスくんはやっぱり凄い人です。

リィラSIDE

「フラれてしまいましたね……」

私からのダンスのお誘いを断り駆け出した少年の背を、私は黙って見送ることしかできませんでした。

あの日、酷《ひど》いことを言ってしまった男の子に謝りたい。その願いを果たすことはできましたが、ダンスを踊るという目的は果たせませんでした。

いい考えだと思ったんだけどな……。

「『十年祭のパーティーで踊った男女は将来幸せな結婚をする』。最近流行のロマンス小説のせいで、貴族令嬢たちはこの話題で持ちきりです。でもリュクスくんは、知りませんでしたよね？」

知っていて、その上で断られたら乙女として立ち直れないけれど、あの様子では本当に知らないのでしょう。

「おーいリィラ！　こんなところにいたのか」

「お父様！　ゼルディア様とのお話は終わったのですか？」

「五分五分といったところだな。まぁあんな奴のことはいいんだ。それよりこっちに来なさい。英雄とそのお子さんが、お前の誕生日を祝いに来てくれたぞ」

「英雄……もしかして、竜殺しのレオ様ですか？」

「ああその通りだ！　竜殺しのレオとその息子レオンくん。美しいお前の姿を是非見たいと、わざわざ海外から来てくれたのだ！」

「まぁ、光栄ですわ」

リュクスくんのことは一旦《いったん》忘れ、私は父と共に、英雄さんにご挨拶《あいさつ》へと向かいました。

「こちらが竜殺しの英雄レオ殿と、その息子のレオンくんだ。リィラ、挨拶しなさい」

その少年を一目見た時、まるで「野に咲くお花のようだ」と思いました。

少年を形容するのにふさわしくないかもしれませんが、確かにそう感じたのです。

あどけない瞳《ひとみ》が、柔らかい金色の髪が、絹のような肌が。

少年というよりは少女のそれに近いのも影響しているのかもしれません。

英雄の息子として、世界各地を旅している少年。

きっと、私の知らないものを沢山見てきたはず。

そんな彼の目に、私はどう映っているのでしょう。

「ねぇ」

彼は食事用にテーブルに置かれていたフォークを弄《もてあそ》びながら、こちらを見ることなく言いました。

「ここの王族はあの聖なる炎を使えるって本当？　本当なら見てみたいな」

「ごめんなさい。聖なる炎を扱える者は、今の王族では先代の王……私のおじい様だけなのです」

そのおじい様も、もう社交の場に出られないほど弱っています。

「ですから、レオンくんのご希望には沿えないのです」

「はぁ……期待外れだなぁ」

口で言うほど残念でもなさそうな態度。

けれど、どこか含みがあります。

「何か言いたいことでもあるのですか？」

だから私は敢《あ》えて尋ねたのです。

その時、初めて彼と目が合いました。

「聖なる炎って民草を守るための、王族が王族たる力の証明だよね？」

「そう……ですね。かつて魔王を討伐した勇者が人々を守るために使っていた力。それを代々、スカーレット王家が継承している。そう聞き及んでおります」

「それって逆に言えば、今の王家には民草を守る力がないってことだよね？　それなのに多くの税を課して、自分たちだけで豪華なパーティー……ボクには理解できないかな」

「……なっ⁉　り、理解できないとは……一体どういう意味ですか？」

「どういうって……言葉通りの意味だよ。力もないのに偉そうにしている君たちも。そんな王様に従っている民草も。ボクには理解できないや」

そう言って、つまらなそうにあくびをするレオンくん。

悪意は感じませんでした。

そう、彼は意地悪で言った訳ではない。

目の前の少年は、ただこの国と我が王家を見た感想をそのまま口にしただけです。

そしてそれが、今の私にクリティカルヒットしたというだけのこと。

私には力がない。

あらゆる闇を浄化するという聖なる炎も使えず。

かつて傷つけてしまった少年の汚名をそそぐこともできず。

けれど私はいつだって王女として、大勢の人から大切に扱われる。

何故《なぜ》か、それが無性に恥ずかしくなりました。

自分がいつまでも守られたままの子どもであると突きつけられたような。

そんな気恥ずかしさを感じたのです。

完全に心のバランスを崩した私は、テラスへと向かいました。

この後、おそらく同年代の貴族令息からダンスのお誘いがあるでしょう。

夜風にでも当たって、それまでに気持ちを整えておきたかったのです。

「不思議な少年でした……」

決定的に視点が違う……いいえ、生きてきた環境がまるで違うのでしょう。

私がどれだけ凝り固まった価値観の中で生活してきたのかを思い知らされるような時間でした。

「あら……？」

考え事をしながら歩いていたせいか、テラスに行くつもりが、全く違う場所に来てしまいました。

ここは確か……宝物庫？　でも扉が開いていますね……そういえば、パーティー会場の前にはまだグランセイバーが展示されていました。

なるほど……搬入のために扉を開けてあるのですね。

ということはあの大柄な黒ずくめの男性も、そのための係の方で……ってそんな訳はないですよねぇ!?

顔を隠すフード。体を隠すマント。どう見ても王城で働く人間ではない。怪しさしかありません。

「誰か……人を呼ばなくては……」

そう思った時でした。

『力もないのに偉そうにしている君たちも。そんな王様に従っている民草も。ボクには理解できないや』

先ほど言われた彼の言葉が蘇《よみがえ》りました。

そうだ、私は王女なのです。不届き者は、自分の力で成敗しなくてはなりません。

そう考えてしまったのです。

普段ならば取らない選択肢。ですがこの時の私は冷静ではありませんでした。

私は宝物庫へと足を踏み入れます。

第一ゲートを潜《くぐ》ると、警備兵さんが倒れていました。

「やはり賊のようですね……」

足の震えをなんとか抑えて、前へと進みます。

魔力を練り上げ、いつでも魔法を発動できるように。

第二ゲートを抜け、薄暗く広い宝物庫の中へ入ると……。

「これはこれは……まさかよりにもよってリィラ王女に見つかってしまうとは！　一生の不覚！　ここまで手引きしてくれた部下になんと詫《わ》びればいいのか！　差し出す首がいくらあっても足りはしない！」

嬉《うれ》しそうな男の声が響きます。

先ほどの黒ずくめの男が待ち受けていました。

男は流れるように軽薄なお辞儀をします。

その反動でフードが外れ、素顔が露《あら》わになりました。

薄青い肌と白く艶《つや》のない髪が露出して、初めてその男が魔族だと気付きます。

「魔族……？」

「しまった、姿を見られてしまったぁ!?」

自分から見せておいて何を……。

「姿を見られたからには自己紹介するしかあるまい。おじさんの名前はマスマテラ・マルケニス。君たちが言うところの魔族でね。年齢は百四十歳。職業は宗教団体の教祖。情報弱者から搾取するビジネスで年収は三千万ゴールドほどいただいているよ。バツイチでね……仕事に対する理解が得られなくて離婚してしまったんだ。という訳で再婚相手を募集中でね。好みのタイプは命令に絶対逆らわない女性かなぁ」

「き……聞いてもいないのにペラペラと……」

「さて個人情報を知られたからには、君を生かして帰す訳にはいかないねぇ」

マスマテラ・マルケニスと名乗った男がパチンと指を鳴らします。

すると、扉がバタンと音を立てて閉じました。

「くっ……自分から喋《しゃべ》っておいて……生かして帰さないのはこちらの台詞《せりふ》です。王家の宝物庫へ土足で踏み込んだ罪。命を以《もっ》て償わせます」

「吠《ほ》えるねぇ。血統書付きの人間だぁ！　おじさんをワクワクさせてくれたまえ」

マスマテラがこちらに何かしてくる様子はありません。

完全に私を子どもだからと侮っていますね。

「二重属性――フレイムストーム！」

だから最初から全力。

魔族相手に容赦はしません。

繰り出したのは炎と風の合体魔法フレイムストーム。

炎の竜巻が賊の体を覆い、逃がすことなくその体を焼き切る大魔法。

炎の熱と風の刃で対象の体を徹底的に破壊する。

はずでしたが……。

「嘘……!?」

「きひっ……！　きひひひひゃあ。素晴らしい。これほどの魔法を使えるとはねぇ」

「化け物……」

炎の竜巻が収まった後、そこには無傷のマスマテラが立っていました。

「……く」

軽い目眩《めまい》。

一撃で仕留めるつもりだったから、今のフレイムストームに多くの魔力を使ってしまいました。

「まだまだ上があるんだよねぇ？　いいよ、待っていてあげるから、おじさんに撃ち込んできてくれ」

「言われなくても……四重属性！」

自分の中に流れる魔力神経を全開にします。

「──フュージョンディザスター！」

四属性の魔力が混じり合い、黄金の輝きでもって魔力が可視化される。

さながらエネルギー波のように放たれた黄金の魔力がマスマテラを包み込む。

「ぐっ……ぐおおおおおおお」

宝物庫に響くマスマテラの悲鳴。

これが今の私が出せる最強の魔法。

それが命中した。今度こそ……！

「イタタ……腰がぁ……きひひ。でもおじさんには効かないんだよね」

「……くっ」

「きひいいいいいひゃ。おじさんはねぇ、何もファッションに自信がなくてこんなマントを着ている訳じゃないんだ。このマントはねぇ闇の羽衣というアイテムでね。人間が扱える炎・水・風・土の魔力は無力化してしまえるのさ」

「そんな……着ているだけで？」

それではまるで、伝説のアイテムではありませんか。

目の前の魔族は、本当に一体何者!?

「君は絶対おじさんには勝てないよ？　でも、最後まで生きることを諦《あきら》めないでほしいな。人が無様に生きることを人生って言うんだから」

「何なのこの人……」

気持ちが悪い。

生理的嫌悪感もさることながら、今ので魔力をほとんど使い切ってしまったのも影響しているのでしょう。

とにかく瞼《まぶた》が重い。

足に力が入らない。

「もしかして今ので魔力を使い切ったのかい？　若いんだからもっと頑張らないと……おっと本当に駄目そうだ。可哀想《かわいそう》に……。あと五年もすればおじさんを倒せるくらい強くなれたかもしれない……それくらいの才能だというのに、ここで終わりなんて」

「……」

レオン少年の言うとおりでした。

私は……弱い。

こんな賊一人倒せないようで、一体何が王族か。

悔しい。

悔しい。

ここで終わりなんて……悔しい。

「いやぁでもおじさんも歳《とし》だからねぇ。君のような才ある若者の未来を潰《つぶ》すのは嫌いじゃないよ。君も大人になればこの快感が理解できるさ。まぁ君は大人になれずここで死ぬんだけ――ぐあああああああああ⁉」

ジリジリとこちらに近寄ってきたマスマテラの頭上から、黒い光が降り注ぎました。

「びゃびゃ……びゃかな⁉　雷属性だとぉ⁉　何故だ⁉」

「――ダークライトニング！」

その後、さらに黒い雷がマスマテラを直撃、その巨体を吹き飛ばします。

「君は……⁉」

敵を襲った雷を放った少年を見て、思わず涙が溢《あふ》れそうになりました。

だってそれは、ここにいるはずのない人だったから。

「リュクスくん！」

「間に合った……加勢に来たぜ、リィラ様！」

かつての私が恐怖した赤い瞳《ひとみ》。

薄暗い宝物庫に、彼の魔眼は鈍く妖《あや》しく光っていました。

けれどそれは、今の私にはとても頼もしい希望の光に見えたのです。

「もう……様って付けたら、嫌って言いましたよ……？」

「ゴメンて」

優しく私の手を取る彼は、もう魔眼の子でも呪われた子でもありませんでした。

魔眼使いリュクス・ゼルディア。

まるでヒロインのピンチに駆けつける、カッコいいヒーローのようでした。

宝物庫の戦い

アズリアに教えてもらった宝物庫への秘密のルートは、子どもが這《は》ってようやく通れるほどの狭い道だ。

かなり時間がかかったが、それでもなんとか間一髪、間に合ったようだ。

「……」

横たわるマスマテラは動かない。

「動きませんね……死んだのでしょうか？」

「いや、この程度で死ぬような奴じゃない」

俺が撃ち込んだ魔法ダーククライトニングは、兄デニスが習得した最強の雷魔法ジャッジメントサンダーを闇魔法イミテーションで複製したもの。

さらにおまけとして、他の雷魔法が付与できる麻痺《まひ》とかスタンの状態異常を詰め込んだ。

イミテーションは複製を行う際、足りないものを俺の魔力で補う必要がある。

だが俺の魔力があればそれでよく、例えば補うために使う魔力を別の魔法に置き換えれば、複製魔法にもその効果が追加される。

これを応用することで、イミテーションを使ったオリジナルの魔法を作ることができたのだ。

俺が今撃てる最強の攻撃魔法だ。

おそらく状態異常がうまく働いて、一時的に動けなくなっているのだろう。

「くっ……」

マスマテラ・マルケニス。

魔王復活教の教祖にして、ゲーム『ブレイズファンタジー』の大ボスの一人。

魔王復活を至上の目的とする大魔族。

一見ただのイタいおっさんだが、その魔法の実力は本物。

魔王復活のために様々な布石を打っており、状況に合わせて動きを変える。

その柔軟さは恐ろしく、ゲームではどのヒロインのルートに行っても必ず魔王を復活させてくるあたり、相当な執念だ。

だが立ち振る舞い以上に厄介なのは、戦闘力の高さ。

強力な闇の攻撃魔法を操り、近接戦闘も得意と隙がない。

奴が身に纏《まと》う闇の羽衣はプレイヤー側の戦力が使える炎・水・風・土の魔法を無力化してしまう。

魔族故に闇属性の魔法はそもそも通用しない。

終盤で戦う際の推奨レベルは70前後。

ラスボスである魔王や裏ボスを除けば、最も手強《てごわ》い敵と言っていい。

物語終盤で戦うような敵とこのタイミングで戦わなければならない。

間に合いはしたものの、この状況は絶望的だ。

「リィラ、今のうちにこれを食べて」

「これは……チョコレートですか？　それにしては……何やら様子が」

俺はさっきパーティー会場で摘《つ》まんでいたチョコレートを複製してリィラに手渡す。

１００％俺の魔力で作った。

「食べると魔力が回復するから。魔力、かなりキツいんだろ？」

「はい。ここは素直にいただきます……あら、本当に魔力が元通りに⁉」

綺麗《きれい》だったリィラのドレスはところどころ破れていて、激しい戦いがあったのだと想像させる。

本当にごめん。俺がもっと早く気付いていれば。

「いきなり魔法を撃つなんて痛いじゃないか……これは裁判ごとだよ」

状態異常が消えたマスマテラがぬるりと立ち上がる。

当然だがゲームで見るより威圧感がある。

背が高いことによる視覚的プレッシャー。

そして禍々《まがまが》しい魔力から伝わる精神的プレッシャー。

何が痛いじゃないか……だ。

ダークライトニングは普通の人間だったら粉々になるような威力の魔法なんだ。

おまけで付与した状態異常に頼らなくてはならない時点で、危機的状況だ。

それを受けて無傷で立ち上がるなんて……。

「化け物め……」

改めて、どうしてコイツがこんなところにいるんだ。

ゲームではそんなこと、なかったのに。

「リィラ、あっちに俺が通ってきた抜け道がある。そこから逃げてくれ」

「逃げろだなんて……貴方《あなた》は一体どうするのですか？」

「俺はアイツを足止めする。大丈夫だ。あらかじめ助けは呼んである。俺一人なら時間稼ぎはできる。だから君は逃げてくれ」

最悪リュクス――俺はここで死んでも構わない。

大好きな推しキャラが死ぬより百倍マシだ。

「わかりました。貴方の勇気に、最大の感謝を。そして――どうかご無事で」

リィラは目に涙を溜《た》めながらそう言うと、俺の示したルートへ向かって走り出した。

「逃がす訳ないよねぇ！　ダーク……」

「させるか――ダークライトニング！」

「ぐおおおおおおおおお」

黒い雷が再びマスマテラの体に降り注ぐ。

その隙に、リィラは抜け道の方へと走り出した。

運動神経はいいのだろう、その背中はすぐに見えなくなった。

頭のいい子だ。ちゃんと思い通りに動いてくれる。

「ぐぬ……王女が逃げてしまったか。きひひ。まぁいい。おじさんの狙いは初めから君だったんだからねぇ、リュクス・ゼルディアくん」

やはり……俺狙いだったのか。

「俺の名前を知っているのか？」

「もちろん。君は我々魔族の間では有名人だ。何せ、魔王様と同じ魔眼を持って生まれた呪われた子どもだからね」

有名人か……だろうな。

孤独のあまり部屋に閉じこもってひたすら悪魔召喚を繰り返していたリュクスは、学園入学前、ついに本当に成功させてしまう。

そこで呼び出されたのが悪魔だったらどんなによかっただろう。

だがリュクスが呼び出したのは死んだ魔王の魂。

生まれて初めて優しくしてくれた魔王に心酔したリュクスは、利用されているとも知らずに魔王の意のままに悪事を働く。

そして、魔王の魂と魔王復活教教祖マスマテラ・マルケニスが接触するきっかけを作ってしまうのだ。

おそらく、前々からリュクスを仲間に引き入れようと画策していたのだろう。

「君ならわかるだろう？　人の世は差別に満ちている。姿形が違うと魔物を殺し。思想が違うと魔族を殺し。殺し、殺し尽くして。次は言葉が違う、文化が違う……そうやってついには人間同士で差別し合っている。君もその被害者だろう……辛《つら》かったね」

舞台役者のように芝居がかっていたマスマテラの言葉はいつしか優しいものになっていた。

「君も魔王復活教に入ろう。魔王様の支配はいいぞ？　あらゆる種族が差別なく平等に幸せに暮らすことができる。人間たちが忌み嫌う君のその魔眼も、魔王様の支配の下では立派な個性だ」

ダイバーシティってやつか。

確かにそう言われると、ゲームに出てくる魔王軍っていろいろな種族が共存して一つの国や組織として成り立っていて凄《すご》いよな。

どっちが悪なの？　って哲学的なことを考えたくなるよ。

でも。

「魔王♪　魔王♪　魔王復活教に入ろう～♪　魔王♪　魔王♪　魔王復活教に入ろう～♪」

「お前たちに魔眼をくれてやるつもりはない。悪いがお前を止めさせてもらう」

魔王復活教の歌を歌うマスマテラの言葉を遮る。

「……いやいや。君の魔眼を魔王様に？　そんなことないって。本当に」

「図星って顔じゃん」

お前らがリュクスに目を付けた理由が魔眼を奪いたいからってのはゲームで予習済みだ。

たとえ魔王の魂を呼び出していなくとも、学園入学前に必ず接触してくると思っていた。

転生してからの数ヶ月間、鍛え続けたのはこの時のためだ。

ゲームのリュクスは孤独から魔王に魅了され、コイツの言葉を信じてしまった。

『幸せになりたい』

そんな願い事を書いていていたくらいだ。

魔王の言う『差別のない世界』は、さぞ魅力的に聞こえただろう。

魔眼の子だからと。

キモいからと。

病弱だからと。

馬鹿にされることのない世界。

転生前の俺なら、もしかしたら魔王の思想に頷《うなず》いてしまったかもしれない。

でも今は違う。

もっといい人生を。そう思って頑張ってみた結果、いろいろなことに気付いた。

妹のような、姉のようなメイド見習いたちも。

不器用な兄さんも。
屋敷の人たちも。
リュクスのことを、俺のことをずっと気にかけてくれていたんだ。
全然孤独なんかじゃなかった。
俺を大事に思ってくれていた。
大好きなゲームのキャラだけじゃない。
失いたくない、大切な人たちが沢山できたんだ。
「俺は絶対にお前の仲間になんかならない」
「はぁ……残念だよ。殺さないように戦うのはテンション下がるなぁ」
さっきまでの饒舌《じょうぜつ》が嘘のよう。
マスマテラは気怠《けだる》げに戦闘態勢に入った。
しかしこれはうまい。
どうやら奴は魔眼の子……俺を生け捕りにする必要があるらしい。
そりゃそうだ。
奴の狙いは俺ではなく、俺の魔眼なのだ。
ならいくらでも戦い方はある。
「――ダークリッパー」
突如、マスマテラの指から闇の刃《やいば》が放たれた。

上位の魔族だけが扱える、闇の攻撃魔法。

咄嗟《とっさ》に回避する。

対象を失った闇の刃は背後にあった棚や希少な品々を切り裂き粉々にした。

おいおい、なんて破壊力だよ⁉

殺さないんじゃなかったのかよ！

「頭さえ残っていればいいんだから……手足は切り落としてしまっても構わないよねぇ」

くっ……怯《ひる》むな。考えろ。

ダークライトニングは奴を倒すための決定打にはなりえない。

確かにコピー元の雷属性を帯びてはいるが、ベースは闇属性なのだ。

兄デニス本人が放っていれば違うのだろうが、魔族のあいつには１００％のダメージを与えることはできない。

俺の魔法は闇属性。相性は最悪と言っていい。

だが俺には魔法だけじゃない。

転生から数ヶ月、鍛え抜いてきた剣技がある。

クレアとの試合でさらに数段上の次元に磨かれた剣技が。

後は剣が必要だ。

ただの剣じゃない。奴と俺とのスペック差を埋めるだけの、破格の性能を持った剣が。

ひとつだけ、心当たりがある。

幸い、今日その剣の実物を見てきた。

聖剣グランセイバー。

『触れてみるか?』

あの時、父にそう促されて触れておいてよかった。

直接手で触って、魔眼で見て。

さらに転生前に所持していた公式設定資料集（六千八百円、値段高過ぎ！）の設定画ページを眺めて得た情報は全て頭の中に残っている。

後は材料。

さっきのマスマテラの攻撃で砕け散った宝飾品や貴金属が、そこら中に転がっている。

その中には希少な金属もある。材料として使えそうだ。

これで70％。残りは俺の魔力で補う。

「――イミテーション起動……よし」

「何をしようとしているのか知らないけど――ダークリッパー」

放たれた闇の刃を、俺は手に握った剣で弾《はじ》き飛ばす。

間一髪、間に合った。

「へぇ、多芸だねぇ。今度は聖剣を作るとは……まぁ、少々不出来なようだけど?」

「そうでもないさ」

手に握られた聖剣は、転生前に憧《あこが》れた聖剣グランセイバーにはほど遠い。

刀身は黒銀に鈍く輝き、本来メタリックレッドだった差し色は脈打つようなメタリックバイオレット。

足りない部分を俺の闇の魔力で補ったからだろう。

さながら安物のカラーバリエーションのようだが、これでいい。

本物の聖剣は主人公レオンのもの。

ならば元悪役リュクス・ゼルディアには、このダークカラーがお似合いだ。

「こんな見た目だが性能は本物並だ。さぁ、覚悟しろよおっさん！」

コピー元の聖剣グランセイバーは装備したキャラクターの攻撃力を大幅に上昇させる。

さらに闇属性の敵に触れることで、その対象のＭＰ——すなわち魔力を吸収する効果を持っている。

俺が手にする複製された聖剣グランセイバー……仮の名を『グランセイバーⅡ』としよう。

グランセイバーⅡのステータス上昇効果は本物ほどではない。

感覚からして50％程度だろう。

それでも奴と俺のスペック差は確実に埋まっている。

後は俺の持てる全能力を以て、奴を足止めする。

「本物の聖剣ならいざ知らず……そんな玩具《おもちゃ》でおじさんが倒せると思っているのかい？」

俺の振るった剣の一撃を奴は爪で受け止めた。

「——デモンネイル！　残念だったねぇ……おじさんは魔法で自らの爪を上級悪魔の爪のように変

化させることができるのだよ」

グランセイバーⅡの一撃を受け止めたのは、人間の皮膚を切り裂き心臓をえぐり取るための悪魔の爪。

だが、防がれたものの、剣が相手の体に触れた。

聖剣由来のＭＰドレインが発動し、奴の不快な魔力が俺に流れ込んでくる。

今だ！

魔眼の力を使い、奴にそのままダークライトニングを撃ち込む。

「ぐうううう⁉　そうか……魔眼にはそういう使い方もあったか⁉」

「食らえっ！」

「おっと」

腹部を狙ったグランセイバーⅡの切っ先は奴のマントの先を掠《かす》めるだけに終わる。

「クソ……痺《しび》れているはずなのに」

「あれだけ食らえば慣れるよ……とはいえ食らえば痛いからねぇ。もう受けたくはないかな」

俺から距離を取ったマスマテラは再びダークリッパーを発動。

黒き複数の刃が俺に襲い来る。

「――スロウ！」

ダークリッパーの刃に魔眼でスロウをかける。

スローモーションになった黒い刃を余裕で回避する。

「むぅ……」

ここで初めてマスマテラが黙る。

戦い方を考えているのだ。

マスマテラは多彩な闇の魔法を操る。

それを駆使すれば、俺を倒すなんて訳ないだろう。

しかし、俺に魔法を見せれば見せるほど、俺はそれを学習し解析し自分のものとする。

だからこそ奴は慎重になっている。

さらに奴には今後復活する魔王のため、俺の魔眼を無事な状態で回収したいという目的がある。

それはゲームで言えば縛りプレイ。

奴自身の欲で勝手に課した縛り。

その縛りを最大限利用して勝たせてもらう。

「——デスラピッドファイア」

手を掲げ敵が選択したのは、闇の魔弾を連射する攻撃魔法。

これならコピーされても問題ないとの判断だろう。

だが甘い。

俺は刀身でガード。

魔弾はグランセイバーⅡに触れるだけで魔力へと変換され吸収される。

「おじさんの魔力を吸収している⁉　なるほど、それがかつて魔王様を倒した聖剣の力という訳か」
「今度はこっちの番だぜ！」
敵の攻撃が止《や》んだ。
俺は体勢を低くし、足に魔力を込めて一気に接近する。
剣術大会で覚醒《かくせい》したクレアから学んだ足運び。
そして敵の回避パターンから追撃ルートを予測。
クレアから学んだ動きのお陰で、想像以上にマスマテラを翻弄《ほんろう》できている。
「――くっ……馬鹿な。たかが人間の子どもにこれほどの剣の腕が⁉」
確信した。
近接戦闘なら俺の方が勝る。
マスマテラに反撃の隙《すき》を与えぬよう、息継ぎする間もなく攻撃をし続ける。
グランセイバーⅡの切っ先が敵を掠める度《たび》、マスマテラの魔力が失われていく。
「ちっ……このままでは」
マスマテラの表情からだんだんと余裕が消えていく。
焦っている？
いや、イラついているのかもしれない。
だがその時、奴の口角が上がった。
土壇場で、この状況を打破する起死回生の一手を思いついたのだろうか。

「させるか！　このまま斬《き》り伏せる」

「武装解除呪文——アームズパージ」

グランセイバーⅡの刃が奴を斬り裂くまでもう少しだった。

本当にあと少しだったというのに……。

奴の手から放たれた衝撃波が俺に到達した瞬間、グランセイバーⅡは俺の手を離れ、遥《はる》か後方へと吹き飛ばされてしまった。

武装解除呪文アームズパージ。

装備を強制的に外してくる面倒な魔法。

ゲームではメニューからすぐに装備しなおせばいい。

しかし現実は違う。

グランセイバーⅡは俺の手を離れ、遠い場所に転がった。

拾いに行けば済む？　敵がそれを許してくれるはずがない。

つまり食らった時点で致命的。

「きひひひひひゃぁ！　君の攻撃と防御は全て聖剣を起点に成立している。ならば聖剣さえ手放させればおじさんに対抗する手段はない！　終わりだねぇ！」

「それはどうかな？」

「何⁉」

「——デモンネイル！」

先ほど奴が使用した魔法をイミテーションで発動。

グランセイバーⅡを手放しフリーになった両手の爪が伸び赤く変色する。

そのまま、奴の纏《まと》うマント……闇の羽衣を爪で引き裂いた。

「ば、馬鹿な⁉　初めから聖剣は……囮《おとり》⁉」

グランセイバーⅡで斬られたらそれはそれでよかったのだが……流石《さすが》に剣での攻撃は奴が許してくれない。

だからこの状況を作るために奴の思考を誘導した。

ゲームで何発も食らってイライラさせられた、あの武装解除呪文の発動を誘発したのだ。

そして俺はその隙をついて、本命の闇の羽衣を切り裂き、無力化することに成功した。

今までの戦いの全ては闇の羽衣破壊のための布石。

「だが守りを壊されたとて！」

「——ダークライトニング‼」

「ぐおおおおおおおおおお」

反撃はさせない。すかさずダークライトニングを撃ち込んだ。

「びが……びび」

「慣れてきたって言っても闇の羽衣なしじゃ、流石にノーダメージとはいかないようだな」

「ふっ……ふふふ。見事だよリュクスくん。君のダークライトニングの追加効果は非常に厄介だ。

でも闇魔法をベースとした君の魔法は、おじさんたち魔族には致命傷となり得ない。決定打のない君では結局おじさんには勝てないよ？」

痺れて動けないだろうに、それでも饒舌《じょうぜつ》なおっさんだ。

「確かにな。でも他の属性ならどうだ？」

「他の属性？」

「そう。例えば炎、水、風、土とか。闇の羽衣なしじゃ耐えられないんだろ？　知ってるんだぜ？」

「君は一体何を言って……」

困惑するマスマテラを他所《よそ》に、俺は奴の背後に隠れている少女に声をかける。

「リィラ！　トドメの一撃は君にプレゼントだ」

「気付いていましたか……」

瓦礫《がれき》の陰から、宝物庫で拾ったのだろう強そうな杖《つえ》を構えたリィラが現れる。

その杖には魔力が満ちていて、いつでも発射オーケーな状態に見える。

「ば、馬鹿な……王女は逃げたのでは!?」

意外に素直なんだなおっさん。

「一つ教えておいてやるよ。リィラ・スカーレットは王族としての矜持《きょうじ》があり、真面目で努力家で、筋金入りの頑固者だ。賊を前に『逃げろ』って言われて素直に逃げる訳ないだろ？」

自分のために誰かが犠牲になるなんて、絶対に許せない。

そんな子なのだ。

かといって、無謀に立ち向かうほどバカでもない。

だからこそ、マスマテラを倒すための最善の策を瞬時に理解した。

俺が闇の羽衣を破壊し、陰に潜んで魔力を溜《た》めたリィラが最強魔法を撃ち込む。

俺が助けに来た時点でその答えに彼女もたどり着いていた。

「頑固者～？」（ぷくー）

「あ、あはは。さぁリィラ！　魔王復活を掲げる大悪党を成敗する時だ！」

「そうですね。頑固者発言、そして聖剣複製については後でゆっくりとお話ししましょう。まずはこの不届き者に成敗を……四重属性」

リィラの魔力が周囲に満ちていく。

溢《あふ》れた魔力が可視化され、黄金の輝きを放つ。

「ま……待て……待ってくれ……故郷で私の帰りを待つ妻がいるんだ……どうか」

「究極合体魔法――フュージョンディザスター‼」

マスマテラ必死の命乞《いのちご》いは、黄金の輝きによってかき消された。

後のリィラ曰《いわ》く、この日の四重属性合体魔法は今まで撃った中でも最高の威力だったという。

なんでだろうと思っていたけど、そういえばさっき俺のあげたチョコ食ってたわ。

＊　＊　＊

マスマテラをぶちのめし、ようやく静かになった宝物庫に、ドンドンと扉を叩《たた》く音が響く。

どうやら扉の外に城の人たちが集まっているようだ。

「何を手間取ってるんだよ……」

「あの者が扉を閉じたのです。おそらく、何かしらの魔法で鍵《かぎ》をかけたのでしょう」

「だとすると、開けるのは時間がかかりそうだな」

どうしよう。

一旦《いったん》秘密の通路から外に出た方がいいだろうか。

コピーしたチョコで回復したとはいえ、初めての戦闘を経験したリィラはとても疲れているはずだ。

かくいう俺も結構無茶な動きをしたから、体の節々が痛い。

それに、精神的にもかなり消耗した。

やはり本当の殺し合いというのは訓練とは全く違うし、ましてやゲームとは全くの別物だった。

アドレナリンが引いて冷静になると、軽く肝が冷える。

一歩判断を間違えれば、手や足が飛ばされていたような場面がいくつもあった。

とにかく、リィラを早く落ち着いたところで休ませてあげたい。

「というか……」

俺はマスマテラだったもの……黒焦げの肉塊を見やる。

アレと同じ空間にあまりいたくないというのが本音だ。

「後は城の人たちに任せて、ここから出ようか？　ん、どうしたリィラ？」

少し青ざめた顔のリィラ。一体どうしたのだろうか。

魔族とはいえ、相手を殺《あや》めてしまったことを気にしているのだろうか。

「いえ……変だと思いませんか？　術者が死んだのに、扉を閉じている魔法が解けないというのは」

変なのか？　そこらへん、俺はあんまり詳しくないのだが、リィラの違和感が正しいとするなら……考えたくない展開がこれから起きる気がする。

「くっ……グランセイバーⅡを……」

取りに行こうとした瞬間……全身に寒気が走った。

生物的本能なのだろうか……得体の知れない感覚に体が一瞬硬直した。

「リュクスくん……あれを」

震えるリィラが指差す方——マスマテラだった肉塊を見る。

肉塊は闇色のオーラを纏《まと》いながらビクン、ビクンと脈動し膨れ上がる。

「一体何がどうなってる——ダークライトうわっ⁉」

「きゃっ⁉」

俺たちの体を吹き飛ばしたのは肉塊から放たれた黒い衝撃波。

魔法でもなんでもない、ただの魔力放出。

なんて威力だ……ダメージが全身に入ったせいで思うように動けない。

それをいいことに、肉塊はブクブクと膨れ上がり、やがて人の形を成していく。

身長も体の太さも倍近くになったにも拘《かかわ》らず、顔だけがさっきまでのマスマテラと同じで、不気味な見た目だった。

その表情から余裕は一切消えており、目はギラギラに血走っている。

「ギギ……ガガガ。くふぅ。せっかく生かしておいてやろうと思ったのに。そんなに死にたいか！　いいだろう望み通りにしてやる！」

「くそ何だよあれは⁉」

あんなのゲームでも見たことないぞ。

ったく、少しはゲーム知識で無双させてくれよ。

「死ねえええい！」

叫びながら、奴が飛びかかってきた。野生の獣のような動き。

鋭く伸びた爪が俺たちを襲う。

「くそ、せめてリィラだけでも」

「きゃ⁉」

反応できていなかったリィラを抱きかかえ、横に跳んで攻撃を回避——したつもりだったのだが……。

「ぐっ……あああ」

「リュクスくん⁉　そんな……私を庇《かば》って」

どうやら失敗したようだ。

背中に奴の爪を受けてしまった。

じんわりと背中が熱くなる。服が血を吸っているのがわかった。

せっかくメロンが作ってくれた服が……くそ。

目がかすむ。そんな中、リィラが俺を治療しようと頑張ってくれているのが伝わる。

「駄目だ。君だけでも逃げろ」と言いたいのに口がうまく動かない。

考えろ……せめてリィラだけでも生かす方法を。

こんなところでリィラを死なせる訳には……。

「きひっ……きひゃああああ！　ザマァだなクソガキ！　もっと苦しめてやりたいが……もう魔眼などどうでもいい！　スッキリするのが先だ！　貴様から死ねぇ！」

マスマテラはヒステリックにそう叫ぶと、巨大な右手を振り上げた。

だが、その手が俺たちに触れることはなかった。

「あ……ああ？　お、俺の手が……ない⁉」

瞬《まばた》きの間に、マスマテラの両腕はなくなっていた。

「ふぅ……間一髪。間に合ったようだね」

「その声は……」

薄暗い宝物庫に凛《りん》とした声が響く。

俺たちを守るように剣を構えるのは『ブレイズファンタジー』最強のヒロインと名高いクレア・ウィンゲートだった。

「クレア！　どうしてここに⁉」

「あはは。パーティー会場でアズリアって子とお友達になってね！　なんだか楽しそうなことになってるみたいだからエリザと遊びに来たよ！　騎士団も部屋の外に集まってる。もう安心だよ！」

「アンタのおおよその状況はアズリアって子から聞かせてもらったわよ。全く一人でこんなところに姫様を助けに来るなんて……バカなんだから」

「な、なんでエリザがアズリアと……？」

「べ、別に。アンタと踊っていた子のことが気になって声をかけたとか、そんなんじゃないんだからね！」

ああなるほど。俺とアズリアが踊っているのを見ていたのか。

そういえば昨日「誰かと踊る予定はあるのか？」と聞かれた気がする。

あの時はないと答えたから、結果的に嘘をついた形になってしまった。

そのことを怒っているのかもしれない。

でもこうして助けに来てくれたのだから、本当にいい子たちだ。

「きひぃ……何人増えようが今さ……きひゃ!?」

「今いいところなんだ。少し黙っててくれるかな？」

斬り落とされた腕を再生したマスマテラだったが、即座にクレアの剣撃スキルによる斬撃《ざんげき》で両足を切断された。

「ありがとうクレア。お陰で助か……ク、クレア、貴女《あなた》がつけている指輪……それはこの宝物庫のものではありませんか!?　なんで勝手に装備しているのですか!?」

クレアに礼を言おうとしたリィラだったが、彼女が身につけている指輪を見て頬を膨らませる。

「それは王国が所有する大変貴重な……」

「王国のものってことは私のものでもある訳だよね？　緊急事態だし私が有効活用しようじゃないか！」

ジャイアニズムを発動するクレアにイラついた表情を見せるリィラだったが、俺もクレアの意見に賛成だ。

あと、聖剣を複製する時にいろいろ材料として使っちゃったけど、怒られないよな？　全部マスマテラのせいにしちゃっていいよな？　そうだ、全部あのマスマテラって奴のせいなんだ。

「姫様、不本意ながら私もクレアの意見に賛成です。今はあの魔族を打ち倒すのが最優先課題かと」

冷静に、リィラを諭すように進言したのはエリザだった。

「ですね。私としたことが冷静さを失っておりました。はい……あの魔族は、絶対にここで倒しておかなくてはなりません」

お……おおお！

まさかまさか……まさかのブレファンヒロイン三人の夢の共演か！

戦闘力最強のクレア・ウィンゲート。

四重属性魔法使いのリィラ・スカーレット。

未来の万能サポーター、エリザ・コーラル。

この三人がチームを組むところが見られるなんて……。

はぁああ。

最期にいいもんが見られた……これで心置きなく逝ける。

満足した……ぜ。

「目を閉じたら死ぬわよ！」

「んんんんんんっ」

昇天しようとしていたところをエリザに引き摺《ず》り起こされ、背中に液体をかけられた。

どうやらポーションのようで、滅茶苦茶《めちゃくちゃ》沁《し》みたのだが、焼けるようだった背中の痛みがちょっとだけ治まった。

「アンタも戦うのよ……全員で生きて帰るんだから」

「そうだな……」

「帰ったらいろいろと聞きたいこともあるから。死んだら絶対に許さないわよ？」

あれ、いいシーンだと思ったのにエリザがなんか怖い。

「あ、そうだクレア！　どうせならあれを使えよ」

クレアの剣は騎士団が使う実戦用の剣。

だがどうせなら、ここは最強装備になったクレアが見たい。

俺は隅っこに転がるグランセイバーⅡを指差す。

「あれ……聖剣!?　まだパーティー会場の入り口に展示中だよね!?」

「俺の魔法で複製したんだ……クレアに使ってほしい」

「そういうことか、それなら――コールオブソード」

騎士団の剣を投げ捨て、クレアは剣を呼び寄せるスキルを発動。

偽の聖剣を手元に呼び寄せた。

「おおっ！　もう本物と変わらないよ！　昨日のお祭りでおもちゃを買わなくてよかったね！」

「だな」

テンション爆アゲのクレア。

「複製品とはいえ、我が王家の聖剣を他の女に渡してしまうんですね……」

「か、勝つためだから！　これが一番勝率が高い方法だから！」

「ズルいわねクレア。ねぇリュクス。私には何か作ってくれないの？」

「ゴメン……思いつかない」

リィラとエリザから冷たい視線を向けられる。

ごめんなさい、いつか必ず作りますので。

なんてやっている間に、完全回復したマスマテラが起き上がる。

「話は終わったかガキ共……手こずらせやがって……皆殺しにしてやる！」

元悪役とヒロイン三人という世にも奇妙な最強チームの戦いが今始まる。

身体能力を強化したマスマテラだったが、グランセイバーⅡを装備したクレアに対して手も足も出ずにいた。

＊＊＊

ひたすら肉体を切り取られ……再生をしての繰り返しである。

ゲーム時代から戦闘方法ごと変わったクレアの動き。

そしてこの宝物庫での戦闘開始から僅《わず》か数秒で室内戦闘への微調整を終えたクレアは、ここまでマスマテラを圧倒し続けている。

まさに剣神という言葉がふさわしいだろう。

ゲームでは、どんなにレベルを上げて強くなっても、あらかじめ用意された戦闘モーション以外の動きをすることはできない。

逆に攻撃モーションという制約がなくなったことで、レベルが足りていなくても動きでいくらでもスペック差を埋められる。

ゲームという制約がなくなって一番恩恵を受けたのは間違いなくクレアだろう。

その動きは剣術大会の時より上……理由はサポーターの存在だ。

「連続発動、クレアに――スピードブースター！　――パワーブースター！　さらに姫様に――マジックブースター」

エリザの補助魔法により、クレアのステータスが大きく引き上げられている。

「ありがとうエリザさん。これでもっと強い魔法が撃てる――フュージョンディザスター！」

「ぐあああああああああ」

そしてこの中での最大火力を誇るリィラの四重属性魔法による攻撃。

さらに俺もダークライトニングで相手の動きを封じつつダメージを与えていく。

だが何かが引っかかる。

何か重要なことを見落としているような。

「――ハイパースラッシュ！」

「ぐあああああああ……きひっ」

なんだ？　マスマテラの奴、今一瞬笑わなかったか？

この戦況、俺たちが圧倒しているにも拘《かかわ》らずどこにそんな余裕が？　というか、その余裕を失って奴は激高しているんじゃないのか？

何か奥の手があるのか？

奴は俺たちパーティーに手も足も出ない状況だ。

確かにマスマテラのＨＰは高い。

流石《さすが》攻略推奨レベル70の大ボスだ。

だがレベルが足りないとはいえ、戦闘自体は俺たちが圧倒している。

与えるダメージが少なくとも、このまま耐久戦をしていれば勝て――待て……耐久戦？

まさか……奴の狙いは⁉

「くっ……いい加減に倒れてよね――パワースラッシュ！」

「しつこいわね……まだ再生するの⁉」

「はぁはぁ……そろそろ集中力が」

クレアの汗が凄《すご》い。

未《いま》だ敵を圧倒してはいるものの呼吸は乱れ、剣筋は若干荒れている。

リィラの表情にも疲れが見える。

無理もない。

回転する針の穴に糸を通すような緻密《ちみつ》な魔法属性の融合を何回も行っているのだ。

精神力がすり減って当たり前だ。

そうか。奴の狙いはこちらのスタミナ切れによる集中力の低下。

気付かなかった……ゲームのブレファンにはスタミナという概念はない。

キャラクターはＨＰとＭＰを回復してやればいつまでだって戦える。

だからこそ、この世界にはスタミナを回復するための魔法もアイテムも存在しない。

スタミナを回復するには現実と同じように休憩休息が必要になる。

こちらのスタミナ切れによる自滅。奴はそれを狙っていたとでもいうのか？

だとすれば、らしくなく激高してみせたのも……こちらを調子づかせるための演技。

「クレア！　息が乱れてる！　一旦《いったん》呼吸を整えろ！」

「ようやくおじさんの狙いに気付いたようだねぇ、リュクスくん……でも遅いよ！」

「くっ⁉」

マスマテラの反撃にクレアの反応が遅れる。

剣で直撃は防いだが、かなりのパワーにクレアの体は地面に叩《たた》きつけられる。

それを見て笑ったマスマテラは、今度は俺たちの方を向いた。

そして口を大きく開くと、真っ赤な炎を吐き出した。

「ちっ……そんなこともできるのかよ⁉」

もう俺たちに避《よ》けるだけの力は残っていない。

明確な死が炎の形をもって、俺たちに襲い来る。

みんな死ぬ？

いいや、それだけはさせない。

ここまで頑張ってきたのは大好きなキャラたちの幸せを見守るためだ。

こんなところで。こんな奴にぶち壊されてたまるか。

動け。動け。そして考えろ。

まだ手は残っているはずだ。

迫り来る波のような炎の攻撃を防ぐには……。

「――イミテーション……生成、闇の羽衣！」

俺は自分の上着と魔力を材料に、先ほどまでマスマテラが纏《まと》っていた闇の羽衣を生成。

１００％の完成度とはいかなかったが、それでも俺たち三人を覆えるだけのサイズにすることができた。

俺は咄嗟《とっさ》にリィラとエリザを抱き込み、マントを被《かぶ》る。

子ども三人ならすっぽり収まる計算だ。

マスマテラの炎の直撃を感じるが、熱さも痛さも軽減できている。

なんとか凌《しの》いだ。だがどうする？

どうすれば奴を倒せる？

クレアはスタミナが切れかかり、動きに精彩を欠いている。

エリザはサポーターとしては優秀だが、フィニッシャーにはなり得ない。

リィラだって、精神力はもう限界のはずだ……。

そして俺の体もそろそろ限界が訪れようとしている。

どうする……どうする……どうすればみんなを守れる……？

リィラSIDE

「おお……可愛《かわい》い可愛いリィラよ。どうしてこんなことに」

「大げさですお父様。ただのかすり傷ですよ」

昔の私は、今よりももっと好奇心が旺盛《おうせい》でした。

賑《にぎ》やかな繁華街。外の森。王都の地下にあるという隠し通路。楽しいお祭。

いろいろなところに行ってみたいし、この目で見てみたいと願っていました。

けれどお父様もお母様も、それをよしとはしません。

過保護と言ってしまえばそれまでですが、私の身にもしものことがあれば、警備を担当していた方々が処されることになる。

それが理解できてからは、あまりわがままを言えなくなってしまいました。

公務や視察という名の下にいろいろなところへ遊びに行っている……お父様に認められたからこそ自由が与えられているお兄様が少しだけ羨《うらや》ましいです。

お兄様のように強くなれば、私のことも認めてくれるかもしれません。

でもどんなに頑張っても、私の評価は『か弱いリィラ』のままで。

だから、レオンくんの指摘が悔しかったのです。

リュクスくんに逃げろと言われて悔しかったのです。

彼らの中の私も、守られるだけのか弱いリィラなのかと。

ですが彼は……リュクスくんは違いました。

逃げなかったことを責められると思いました。しかし彼は私が逃げていないと思っていた。

私の魔法の力を信じてくれていた。

その信頼がどれだけ嬉《うれ》しかったか、貴方《あなた》にわかるでしょうか？
「――イミテーション……生成、闇の羽衣！」
相手の攻撃に、疲れ切った私の体は全く反応できませんでした。
リュクスくんに強く抱き寄せられ、彼の複製した闇の羽衣が私たちを守ります。
ああ、なんて心地よいのだろうと思いました。
強くてカッコいい男の子に守られる。
いろいろな小説で読んできた、夢のような展開。
いえ、それ以上です。
私のことを守りたいという強い思いが、肌と肌を通じてこちらに伝わってくる。
「くっ……何か……何か手はないのか……」
目の前のリュクスくんはこの状況を打開しようと必死です。
なのに、私は全く違うことを考えてしまいます。
同年代の男の子とこんなにくっついたのは初めて……とか。
触れた体から伝わる体温にドキドキする……とか。
真剣な顔もカッコいい……とか。
エリザやクレアとは一体どういう関係なんだろう……とか。
恋人はいるの？　好きな女の子のタイプは？　……とか。
私のことをどう思っているの？　……とか。

嫌い？　それとも好き？　……とか。

全くどうかしていますね。

目の前の男の子は私たちを守るために必死になってくれているのに。

私は、守られているだけではいけない立場なのに。

不純です。

ですが、私の心の中で燃え上がったこの炎はもう消せません。

熱い。体が燃えるように熱い。

「そうか……こういうことだったのですね」

おじい様が言っていました。

王家の聖なる炎を扱うには、大切なものを守りたいという強い思いが必要だと。

ずっとその対象は国民なのだと思っていました。

いえ、もちろん国の皆様も守りたいと思っています。

でも今は……私を守るためにボロボロになりながら戦ってくれた男の子を。

かつて傷つけてしまった男の子を守りたい。

そして……私は守られるだけの存在じゃないと、共に並び立つ存在なのだと証明したい。

貴方のことを思うと、胸の奥が熱く燃えるのです。

そう……あとはこの炎を形にすればいい。

「きひひひひ！　不出来な闇の羽衣じゃこれ以上は防ぎきれないよぉ？」

「くっ……どうすれば」

未《いま》だマステラの炎攻撃は続きます。

闇の羽衣はもう限界。

このままではエリザもリュクスくんもやられてしまう。ですが、そうはさせません。

「リィラ⁉　一体何を」

私はリュクスくんを押しのけ、外に出ます。

不思議と、相手の炎は熱くも痛くもありませんでした。

私はそのままマステラの方に手を伸ばし、心に燃え上がった炎を解き放ちます。

「何⁉　おじさんの炎が効いていないだとぅ⁉」

「これで本当の終わりです——ホーリーフレイム！」

「馬鹿な⁉　聖なる炎だと⁉　こんなタイミングで覚醒《かくせい》したとでもいうのか⁉」

聖なる炎が悪《あ》しき魔力を焼き尽くす。

ホーリーフレイムはマステラの吐き出す炎を全て呑《の》み込みながら突き進み、敵の全身へ燃え移ります。

「ひぃあ……助け……熱いっ熱いいいいいいいい」

倍化していたマステラの体がみるみるうちに元に戻っていきます。

のたうち回るマステラ。

どうやらもう肉体の再生はしないようです。

「あが……ああ……あつい……何故《なぜ》……再生しない⁉」

「おじい様が言っていました。王家の聖なる炎には闇の魔力を抑え込む力があると」

「なぁぁぁにぃぃ⁉」

未だ聖なる炎で体を焼かれ続けているマスマテラは、打ち上げられた魚のようにビクビクしています。

もうこれ以上暴れる心配はないでしょう。

「勝った……のか？」

「みたいね」

「あはは。本当にしぶとかったねぇ」

どうやらリュクスくんたちも無事だったようです。

リュクスくんは限界なのか、エリザとクレアに肩を借りています。

ちょっと距離が近過ぎでは……？

離れてもらっても？

私も勝利に貢献したのですから、ご褒美にキスくらいはいただいても構いませんよね？

頑張った女の子にキスのご褒美をあげるのは、男の子の義務です。

そう思って近づくと、何やら三人は言い争いをしているようです。

「で、あのアズリアって子とはどういう関係なのよ？」

「ダンス……すごく楽しそうに踊ってたよね？」

「え……？　どうしたの二人とも？　え、なんか怖くない？　え？　マジで何？」

なるほど。

はいはい、なるほどなるほど。

どうやらリュクスくんはダンスタイムの時、私たちの知らない女の子と踊っていたようですね。

……。

私の誘いは断ったのに？

「あ、丁度よかったリィラ。なんかこの二人の様子がおかしくてさ。なんとかしてくれ……な……い……かな？」

「私もと〜っても気になります。そのアズリアさんという方のお話、聞かせていただけるでしょうか？」

「は……はい。リィラ様」

「様？」

「ひぇ……」

それから私たちは外の騎士団さんたちが扉を破って突入してくるまでの間、のたうち回るマスマテラの喘《あえ》ぎ声をＢＧＭにリュクスくんと沢山お話をするのでした。

決着

扉を破った騎士団の人たちが宝物庫に押し寄せた。

「「助かった」」

俺とマスマテラ・マルケニスは同時にそう言った。

騎士たちは燃えながらイモムシのようにうねうねしているマスマテラを包囲。

その後に続いて入ってきたのは国王と王妃。

そしてクレアの父である騎士団総帥やエリザの両親、さらにルキルス王子にエレシアと……ヒロインズのファミリー大集合である。

その後、最後の最後に俺の父グレムが入ってきた。

「おお……リィラ……お前に何かあったらと……私は心配で心配で」

「お、お父様苦しいです」

「だから言ったではありませんか父上。我が妹、リィラなら心配ないと」

リィラは泣き喚《わめ》く国王に抱きしめられ苦しそうだ。

一方リィラの兄、ルキルス王子は妹の実力を信じていたのだろう。

エリザもクレアも親に抱きしめられ、感動の再会といった感じだ。

「他の三人はピンピンしているというのに、お前だけボロボロだな」

リィラとエリザを庇《かば》った時のダメージで動けない俺のところに、険しい顔をした父グレムがやってくる。

「……はい、父上」

おそらく俺だけ重傷なのを見て、気分を害したのだろう。

失望……は違うか。

もとからそこまで期待されていた訳じゃないからな。

「こんなことだろうと思って持ってきてよかった。早く飲んで立ち上がれ、みっともない」

「いや……体が痛くて……」

「全く情けない奴め。どれ……」

そう言うと、父グレムは懐《ふところ》から取り出した瓶の蓋《ふた》を開け、俺の口に流し込む。

栄養ドリンク風の独特の味が口の中に広がった。

途端に、俺の体の痛みは全て消え去った。

「え、効き過ぎでは……⁉　って父上？　これただのポーションじゃなくてEXハイパーポーションでは⁉　物凄《ものすご》く高価で希少なものですよ⁉」

ゲームではクリア後に手に入る最高峰の回復アイテム。

この世界においては人体の欠損すら修復するという最強クラスのポーションだ。

いくらなんでもこれは過剰では⁉

「もし王女が怪我《けが》をしていたら……そう思って持ってきたものだ。王女に最高峰のポーションを使うのは当然だろう？」

「で、ですがリィラの方は一切見ていなかったような」

「気のせいだ」

おお……さらに機嫌を悪くさせてしまった。

とはいえ、普通にダメージを回復できたのはラッキーだ。

俺たちは国王たちにこうなった事情を説明した。

リィラが中心となって説明してくれたお陰で、国王はすんなりと理解してくれた。

途中マスマテラが「お宅のお子さん、いきなり魔法を撃ってきてねぇ〜」とか「ご家庭でどういう教育を？　非常識だよね？」とか「そこの説明ちょっと違うよ」といちいち横やりを入れてきたのがウザかった。

聖なる炎に燃やされ続け戦闘不能になったとはいえ、アイツ元気過ぎないか？

まだ燃えてるから、多分ダメージは入り続けていると思うんだけど。

「アイツは一体いつ死ぬんだ？」

父グレムもボソッとそんなことを呟《つぶや》く。

「我が国の問題でもあった魔王復活教の教祖がこんなふざけた奴だったとは……」

マスマテラの態度に国王も困惑気味だ。

「というか、コイツはどうなっているのだ？　何故《なぜ》こんな燃えてるのに死なない？　リィラの聖なる炎によって浄化されないのか？」

「それは俺から説明します」

「貴様が？」

俺が手を上げると、国王がギロリとこちらを睨《にら》んだ。

構わず続ける。

「マスマテラ・マルケニスは魔族の中でも、かつての魔王軍幹部の直系……大魔族と呼べる存在です。ですので、魔力と生命力……そして再生力も桁違《けたちが》いなのです。リィラのホーリーフレイムで常にダメージが入っているし、魔法もまともに扱える状態にない。けれど、同時に再生も行われている。破壊と再生、それらがせめぎ合って、あのような状態となっているのです」

「ち、ちょっと待ってくれよリュクスくん。ということは、おじさんはこのまま死ぬこともできず、魔法も使えず、ずっとこの状態という訳かい⁉　勘弁してくれよ〜この炎メッチャ痛いんだけど〜」

「お前は黙ってろ」

めっちゃ気さくに話に交ざってくるマスマテラに、だったら再生するなよと言いたい気持ちをぐっと堪《こら》える。

「何故そんなことが貴様にわかる？　まさか貴様、魔王復活教と繋《つな》がっているのではあるまいな？であれば、コイツを手引きしたのも……」

「お父様っ！」

俺を疑い始めた国王に向かって、リィラが怒鳴った。

娘に初めて怒られた国王は叱られたパグのようにしょんぼりとする。

ははザマァ。

そのまま「パパの口臭〜い」とか言って国王を絶望させてやってくれ。

「なるほど。魔眼の力だな？　魔眼には優れた観察能力があると聞く。その力の賜物《たまもの》か？」

一方、父グレムはそう尋ねてきた。

俺は頷《うなず》く。

一部ゲーム知識と俺の見解だが、そういうことにしておこう。

「まぁ、この盗人《ぬすっと》に関しては後で聴取するとして……問題は」

「あれですな」

大人たちの目が、一斉にクレアが持つ偽の聖剣、グランセイバーⅡに集まる。

「え、私の聖剣が何か？」

お前のじゃないぞ、クレア。

「聞いた話ではリュクス・ゼルディアが闇魔法イミテーションで作り上げたとか……」

「そんなことが可能なのですか、陛下？」

「わからん。闇魔法は使い手が少なく情報も少ない。魔道書とて貴重品だしな……む、どうしたリィラ」

国王の服の裾《すそ》を引っ張るリィラ。上目遣いで、まるで欲しい玩具《おもちゃ》をねだる子どものような仕草だった。

「聖剣を抜いた者は王族と結婚できる。そういう言い伝えがありますね」

「あるな……」

「リュクスくんは聖剣こそ抜きませんでしたが、聖剣に近しいものを手にしました。彼にも王族……この場合、彼は男ですので、女である私と結婚する権利があるのでは？」

「「「ない！」」」

何人かの声が被《かぶ》った。

一人は俺で、もう一人は国王。あと一人は……エリザ？

「おほほ……姫様ったら何を言っているのかしら？　リュクスは別に聖剣を抜いた訳じゃないじゃない？」

「そうだぞリィラ。確かに複製したのは凄《すご》いことだがそれとこれとは話が別だ！　リィラは絶対に嫁にはやらん！」

「ははは！　それでは父上。リュクスくんは私と結婚することになってしまいますよ？　私は君のお婿さんかな？　お嫁さんかな？」

何故かこのタイミングで会話に交ざってくるルキルス王子。

冗談のつもりなんだろうけど、一部冗談の通じない人（某エレシア）が物凄い殺気をこっちに放っているのでやめてください。

軽い冗談で失われる命だってあるんですよ。

「しかし……聖剣すら複製してしまえるその観察眼。やはり魔眼とは脅威だな……やがて、我が王家に牙《きば》を剥《む》くかもしれん」

国王の厳しい目が再び俺に向いた。

本当に俺のこと嫌いなんだな、この人。

「それはありえません、お父様」

「何故そんなことが言える？」

再び王と対峙《たいじ》するリィラ。

「彼は……そこにいるマスマテラ・マルケニスの勧誘を一切の迷いなく断っています。私たちが彼にしてきたことを思えば、彼もまた魔王復活教に入っても決しておかしくない。ですが、彼は断った。愚かな私たちを許したのです！　そんな彼の度量に甘えるような恥ずかしい真似《まね》はおやめください」

「ふん、口だけではなんとでも……」

「私のために命を懸けて戦ってくれた者のことをこれ以上貶《おとし》めるなら、たとえ父であっても、国王であっても許せません」

り、リィラ。強い子だなぁ……。

自分の父親に向かってああも堂々と。

俺もちょっと見習いたい。

「ぐぬう……」

「敵を知り己を知れば百戦危うからず。ギーラよ、何を怯《おび》えている。リュクスの魔眼の力、闇の魔力。両方が我が国にあったことを幸運に思うべきだ。リュクスよ」

「はい」

父グレムは俺の目をまっすぐ見て言った。

「お前はこれから、闇の魔法に関する研究資料を定期的に王都の研究機関に提出せよ。闇の魔法を研究することは魔族や魔物たちとの戦いにも役立つ。無駄な犠牲者をお前の研究で減らすのだ」

「はい……」

け、研究レポートの提出か……。

それはちょっと厄介だな。

「だが、研究に必要とあらばなんでも協力してやるしなんでも揃《そろ》えてやろう。もちろん国の金でな」

「本当ですか⁉」

それは結構ありがたいのでは？

表だって活動できるのはありがたいし、今よりもっと凄いことができるかもしれない。

何より人の金で研究して俺が強くなるって最高じゃないか？

「それでよいかギーラ？」

「ぐぬぬ……しかし」

「ギーラよ。お前が魔眼と闇の魔法を恐れるのは結局『よくわからないから』に他ならない。ならばリュクスに全部教えてもらえばいいのだ。リュクスは魔物でも化け物でもない。一人の人間なのだ。話せば理解し合える、普通の人間だ」

父上……。

「わかった。闇魔法と魔眼の研究……役職や待遇などは後々また伝えよう。せいぜい励むがよい」

「はい。国のため、精一杯頑張ります！」

「うむ。それでだ……その……最後に国王としてではなく、リィラの父親として言わせてくれ」

「……？」

「娘を助けてくれて、ありがとう」

「陛下……」

「お父様……」

そこには一国の王ではなく、ただ一人の父親として頭を下げる男の姿があった。

「私はかつて、魔眼の子ということで君を殺そうとした。それが原因で、貴族たち、そして国中の人間が君を呪いの子として扱うようになってしまった。申し訳ない。これからは私の全霊をもって、魔眼の子の悪《あ》しき印象が消えるように努力したい」

これは……。

リィラのお陰なのか？　それともマスマテラ・マルケニスというわかりやすい悪を倒したからなのか？

ゲームではありえなかった王とリュクスの和解。

こんなことが起きるなんて思いもしなかった。

まさにこれこそが……悪役を辞め、ただのモブになり、普通の幸せを得たい……そんな俺の夢が現実になったことが最大のご褒美だ――。

王家が魔眼の子を忌み嫌い続ける状況では、いくら悪役を辞めてまっとうに生きている姿を見せたところで、現状の改善には限度がある。畏怖《いふ》の目で周囲から見られる状況はどうしても続いてしまうだろう。

でも王家と和解し、王家が魔眼の子に対して好意的になってくれたならば、国王の意思がある手前、表立って忌み嫌ってくる人は一気に減る。

それはつまり、俺への注目度が減るということ……モブ化に近付くということ！

ならばここは寛容なところを見せ、国王の好感度を稼がなくては！

「いえいえ、俺は気にしてなんて——」

「足りんな」

俺が国王を許そうとしたら父グレムが遮った。

「た、足りないとはどういうことだグレム？」

「私の子を貶め傷つけたのだ。それでは足りん。地面に這《は》いつくばってリュクスの靴を舐《な》めろ」

「お、王である私が頭を下げているだけでも……最上級の謝罪なんだが？」

おっと雲行きが怪しくなってきたぞ～？

「り、リィラだって自分の父親がそんな姿をさらすのは嫌であろう？」

「お父様がそうすることでゼルディア様がお許しくださるのでしたら……仕方ありません。お父様、早く靴を！」

「リィラ⁉」

「どうしたギーラ、早くしろ」

「ぐぬぬ、貴様グレム！　今日という今日はだなぁ」

あーあ、二人の喧嘩《けんか》が始まっちゃったよ。

避難しよ。

ええとエリザは……。

「お姉様！　リュクスは別にお姉様のライバルという訳ではありません」

「放してエリザ！　可愛《かわい》い妹を弄《もてあそ》んだ挙句、私から殿下を奪おうとするあの男が許せないの！」

「で、殿下！　殿下もお姉様になんとか言ってください！」

「はは、モテる男は辛《つら》いね！」

あっちはコントをやっているのか。

それじゃあクレアは……。

「父上、母上！　見てくださいこの立派な剣を！」

「ほう、色は違うが聖剣グランセイバーそのものだな！」

「素敵なプレゼントを貰《もら》えてよかったわねクレアちゃん」

「はい！」

ちょいちょいちょいちょいちょい待て。

「おおリュクスくん！　剣術大会で見ていたよ」

「ありがとうございます」

紳士風だががっちりした体型のこの人は、騎士団総帥……クレアの父親だろうか？　ということは横にいる人がクレアのお母さんか。どことなく顔立ちが似ている。

「ありがとうリュクス。一生大事にするよ」

「いやそれ、数日もしたら消えると思うけど」

「え……？」

ガーンという効果音が聞こえてきそうなくらいショックという顔をするクレア。

まぁ気持ちはわかるけど。

「それ、30％くらいは闇の魔力を材料にして作ってあるからさ。その魔力が日に日に消えていって、最後には崩壊するんだ」

「でも今のところそんな様子はないけど」

「それはマスマテラを斬《き》り続けていたからだよ。斬るとそこから魔力を吸い上げるんだ。俺が毎日魔力をチャージしてれば別だけど、そんなことは現実的じゃないからな」

衝撃の真実に泣きそうな顔をするクレアを見かねたのか、騎士団総帥はとんでもないことを言い出す。

「ではリュクスくん。クレアと婚約したまえ。そして王都に……我が家に住みなさい」

「あらあらいい考えね貴方《あなた》。それなら毎日魔力をチャージできるわ」

「はは。まぁゆくゆくは、魔力以外もいろいろチャージしてもらうとしようじゃないか」

「いいの父上⁉」

「いや『いいの!?』じゃないんだよクレア！　俺の意思！　お前の意思！」

聖剣のコピー欲しさにやり過ぎだろ。

お前のものは俺のもの。そしてお前自身も俺のものってか？

本人もびっくりのジャイアニズムだよ！

「別に私、リュクスだったら婚約しても構わないけど？」

「え……？」

ヤバい。ちょっとときめいた。

なんだろう……胸がドキドキする。

この感覚って、もしかして……？

「リュクスく〜ん？　君はもう少し頭のいい子だと思ってたんだけどな〜？」

エレシアの長い爪が俺の首筋にピトッと当てられた。

間違いない、この胸のドキドキは……恐怖！

「エリザにちょっかいを出して？　ルキルス様に色目を使って？　お次はクレアちゃん？　凄いわね〜夜の聖剣伝説だわ」

「ご、誤解っす」

怒れるエレシアを宥《なだ》めるのはマスマテラとの戦い以上に厳しい戦いだった……。

そして、協議の末グランセイバーⅡは王国で管理することとなった（宝物庫のものを製造に使ったので、俺としてはそれで問題ない）。

闇の魔力がないと消えてしまう問題に関しては「こいつにぶっ刺しておけばよくね？」ということで、マスマテラに刺しておくこととなった。

これでマスマテラから常に闇の魔力が供給されるため、グランセイバーⅡは消えない。

マスマテラは魔族を封じる特別な鎖でぐるぐる巻きにされ、偽聖剣を体に突き刺され、さらにまだ聖なる炎が炎上中というとんでもない状態で、王都の地下深くにある牢屋《ろうや》に収容された。

後日プロを集め、魔王復活教の情報を吐き出させるという。

こうして俺の想像とは全く違う形ではあったものの、誰も死ぬことなく、物語のプロローグは終わりを迎えるのだった。

エピローグ　旅立ち

パーティーの次の日に帰る予定だったのだが「ふぅん……心配だからもうちょっといてほしい」という兄デニスのわがままで、一週間ほど王都に滞在することになった。

興奮覚めやらぬ中、あの宝物庫での戦いを武勇伝のようにメイド見習いたちに語る俺だったが、数日もすると冷静になり、いろいろと疑問が浮かんできた。

まず、レオンは何故《なぜ》帰ってしまったのかだ。

わからない。これに関しては完全にお手上げだ。ストーリーをぶち壊すとは言ったものの、出だしのプロローグからここまで変わるって聞いてないんですけど。

そして、変わると言えばリィラだ。

本来ならば専用ルートを進め、主人公との真実の愛に目覚めたリィラが使えるようになる聖なる炎。それを何故まだ十歳のリィラが使えたのか。

「それなら簡単ですわ」

考えが口に出ていたのか、横に控えていたメロンが答える。

「え？　わかるのかメロン」

「はい。リュクス様は王女様の回復のためにイミテーションで作られたチョコを差し上げたでしょう？　それですわ」

「あ……あ～なるほど！」

そうか、魔力が大増量して、なんか扉を開いちゃったに違いない！

「ファインプレーですねリュクス様」

モルガも笑顔で言った。

「流石、私たちの主《あるじ》ですわ」

「はは、どうも。いやでも、メロンの名推理のお陰でスッキリしたよ。そうか、あのチョコのせいか。なんか俺、活躍し過ぎちゃったかもしれないな」

無我夢中だったとはいえ、あの戦いでの俺はモブの領分を明らかに超えていた。

すなわち目立ち過ぎである。

「大丈夫ですよリュクス様！」

「はい。お話を聞いている限り、聖剣で大立ち回りをしたのはクレア様。そしてトドメを刺したのは王女様。リュクス様はあまり目立てていませんわ」

「なんかずっと苦戦してるイメージだよね」

「え……」

言われてみれば確かに。俺あんまり活躍してない？

それならセーフ！　のハズなんだけど、なんか釈然としない。

「もっと頑張らないといけないですね、リュクス様！」

「ええ。次はリュクス様が大活躍するお話が聞きたいですわ」

「あはは……。だから、俺はあんまり目立ちたくないんだって」

モルガが何気なく言った『もっと頑張らないといけない』——その言葉が何故か胸に引っ掛かる。


さらに数日後。

魔王復活教の教祖マスマテラ・マルケニスを捕らえたという報は国中に広まった。

ちゃんと俺たち四人の名前も添えて……だ。

個人的にはアズリアの活躍も報じてほしかったが、あの後すぐに帰ってしまったということで、名前を公表していいかどうかの確認ができなかったので諦《あきら》めた。

とはいえリィラが、

「アズリアという方にもいつか必ずお礼がしたいですね」

と言っていたので、国から直々《じきじき》に褒美のようなものが贈られるのかもしれない。

結局連絡先とか何も告げずに別れてしまったが、また学園で出会えるのを楽しみにするしかない。

俺としては自分の名前が載ることは目立つので避けたかったのだが、今回の記事には、国王が魔眼の子を認めた旨も大々的に書かれているので、背に腹は代えられない。

そして、マスマテラ・マルケニス。

奴への尋問は次の日から行われた。

開口一番「魔王復活教の情報は全部話すから刑期を短くしてほしい」と言ったという。

供述調書を見せてもらったが、隠れ家の位置や信者の名簿、金の動きなどはわかったものの、肝心の魔王を復活させる具体的な方法は聞き出せていないようだ。

そして何故あの時、宝物庫に現れたのかもわからない。

奴は今後ものらりくらりと尋問を躱《かわ》し、肝心なことは一切話さないだろう。

とはいえ、教祖であるマスマテラを倒し、王国で監禁することになったのは大きい。

魔王復活教は今、大混乱に陥っているはずだ。

マスマテラに吐かせた情報を基に、これから王国が一丸となって奴らの拠点を潰《つぶ》しにかかる。

少なくとも当面はまともに活動することはできないだろう。

魔王復活教の幹部たちは厄介な連中だだが、マスマテラに比べればその脅威は数段落ちる。

つまり、幾ばくかの猶予を得ることができたのだ。

「猶予……そう、猶予だ」

魔王復活を阻止し、奴らと戦うための時間。

先日の戦いで、俺はついにマスマテラを殺すことができなかった。

その時のボロボロになったヒロインたちの姿が浮かぶ。

全員死んでいてもおかしくない戦いだった。

リィラが聖なる炎を覚醒《かくせい》させていなかったらと思うとゾッとする。

剣術大会でクレアといい勝負ができて満足していたが、まだまだだった。

もっともっと強くなる必要がある。

本格的に物語が動き出す、五年後。学園に入学するまでに。

「それまでは修業……なのかな」

修業……修業か。

研究という名目でいろいろできるようになったとはいえ……。

今までと同じやり方を繰り返していて、果たして五年後の俺は強くなっているのだろうか。

俺はこの先、魔王復活教との戦いでみんなを守ることができるのだろうか。

「よろしいでしょうか坊ちゃま」

「はい。どうぞー」

考え事を遮るように、扉の外から執事さんの声がした。

「当主様がお呼びです」

「わかりました。すぐに行きます」

どうやら父グレムが呼んでいるらしい。

やたら重い、父の書斎の扉を開く。

大きな窓を背に立つ父に、俺は頭を下げた。

「どうだ？　あの後、特に異常はないか？」

「はい。父上の飲ませてくれたポーションのお陰です」

「そうか。それはよかった」

あれ……？　なんだか態度が柔らかいような？　機嫌がいいのかな？

「ではリュクスよ。単刀直入に言おう。ダンジョンに興味はあるか？」

「ダンジョンですか⁉」

ダンジョン。

モンスターが無限に生息する異空間。

奥深くへ進めば進むほど、レアなアイテムや素材、換金アイテムが手に入る。

ゲームでは他の学生たちとパーティーを組んで挑戦できた。

何度も何度も挑戦し、モンスターを倒してレベル上げをすることもできる。

とはいえダンジョンに挑戦できるのは十五歳になって学園に入学しテストをクリアしてからだ。

それがこの国、ローグランド王国のルールである。

それに……。

「ゼルディア家の領地にダンジョンはなかったはずですが……」

「うむ、確かに我が領地にはない。だが海の向こうの小さな島。そこに私が出資して管理している大きなダンジョンの入り口がある。お前が望むなら、学園入学までの五年間、ダンジョンに潜って研究をしてみないか？　お前が魔眼で何を見て、何を思うのか。私はそれが知りたいのだ」

「で、ですが年齢が……ダンジョンに入れるのは十五歳からで」

「海の向こう……つまり海外。後はわかるな？」

つまり法には引っかからないという訳か。

それはありがたい。

ダンジョンに潜って魔物を倒せばレベルが上がる。

いや、レベルはこの世界で測りようがないのだが、間違いなくパワーアップが望める。

様々な魔物のスキルや魔法をコピーすれば、今よりもっと沢山のことができるようになる。

それだけじゃない。ゲームには登場しない未知の土地だ。

魔王復活に関する情報も手に入るかもしれない。

「行きます！　行かせてください！」

俺の言葉に、父は満足そうに頷《うなず》いた。


次の日の早朝。俺とモルガ、そしてメロンの三人を乗せた馬車は王都からゼルディア領に向けて出発する。（ジョリスさんは仕事のため、先に領地に戻っている）

「おや、何事でしょうか？」

馬車が止まった。何事かと外を見てみると、そこにはリィラとクレアとエリザの姿があった。

一旦《いったん》馬車を降りると、クレアが不満顔でこちらに近づいてきた。

「聞いたよ。全くもう、一緒に練習しようって約束したのに……」

「急な話でさ。ごめんな」

「いいよ。その代わり帰ってきたら勝負してよね？」

「ああ！　もちろんだぜ！」

クレアと拳《こぶし》を突き合わせる。

「中途半端な修業じゃ、私に置いていかれるからね？」

「……っ‼　頑張るよ」

五年後、クレアは一体どれくらい強くなっているのだろう。

ゲームを超えた強さを身につけた今、彼女にどれだけの伸びしろがあるのか、考えただけでワクワクする。

その後、リィラとも挨拶《あいさつ》をと思ったのだが、彼女はモルガたちと何やら話している。

はて？　いつのまに仲良くなったのだろうか。

しかし、メイド見習いたちに何かを話しているリィラはどこか大人びていて。

そんな彼女の姿に、ゲームの十五歳になった姿が重なる。既に王女としての風格が身についているように見える。

感傷に浸る俺に、エリザが耳打ちしてきた。

「あんな風にビシッとしているけどね。昨日は大変だったのよ？　リュクスが海外へ行っちゃうって聞いて」

「そうなのか？」

「本当に大変だったんだから。でも、今日は持ち直してる。きっと、アンタに王女としての自分を覚えておいてほしいんでしょうね」

「……そうか」

絶対に忘れない。

忘れる訳がなかった。

俺はリィラの姿を目に焼き付ける。

「ええ。ですから貴女方《あなた》メイド以外の女性は、一切リュクスくんに近寄らせてはなりませんよ？」

「元よりそのつもりですわ、王女様」

「万が一リュクスくんが大人の階段を上るような出来事があった場合は国際問題に発展しますのでくれぐれもご注意を」

「わかりました！　ところで、男は近づけて大丈夫でしょうか？」

「許可します」

「一体何を話してるんだ？」

よく聞こえないがとんでもないことを話している気がする。

「ちょっと、私と話している時によそ見？　いい度胸じゃない」

「ごめんて。それにしてもエリザともしばらく会えなくなるのか。寂しくなるな」

「へ、へ～。アンタ、私と会えなくなるのが寂しいんだ？　でも私は全然寂しくないわ！　アンタのことなんてすぐに……だからニヤニヤしながら頷くのやめなさいよ！」

エリザとのこんなやり取りもしばらくはお預けか。

「エリザ。体に気を付けて。君は頑張り過ぎるところがあるから心配だよ」

「それはこっちの台詞《せりふ》よ。ア、アンタも体に気を付けなさいよ。目を離すとすぐにボロボロになるんだから。見てるこっちの身にもなりなさいよ」

「うん……努力するよ」

「リュクスくん！」

　エリザとの別れを済ませた後、リィラがパタパタとこちらにやってきた。

「リュクスくんともこれでお別れですね。もっとお話ししたかったのに、寂しいです」

「俺もです」

「です……？　敬語ですか？」（ぷくー）

「あはは……俺も寂しいよ。せっかく仲良くなれたのに」

「五年間という時間はとても長いです。多分、私たちが想像しているよりずっと」

「だな」

「私もリュクスくんに負けないくらい強くなります。王族として恥ずかしくないように。そして……貴方《あなた》の横に並び立てる女であれるように」

　それはこっちの台詞だ。俺こそ、君たちを守れるくらいに強くなる。

「君ならば絶対になれるよリィラ。応援してる」

「ありがとうございます。貴方のその言葉だけで、私は五年間、きっと頑張れる」

　その時、「大げさだな」と苦笑いしている俺の顔に、リィラの可愛《かわい》い顔が近づいてきた。

　え……？　え……？　と混乱していると……。

「ちゅっ」

「◎△$♪×¥●&%#っ⁉」

リィラの唇が俺の頬に触れた。

「ちょっとリィラ様⁉　何をしているんですか⁉」

「くっつき過ぎだよ⁉」

怒ったエリザと慌てたクレアが、俺からリィラを引き剥《は》がす。

「おまじないです。貴方が無事で帰れるように。そして……悪い虫がつかないように」

リィラがちらりとエリザ、クレアの方に鋭い目線を送った気がしたが、気のせいだろう。

突然のことでかなり動揺しているようだ。

「あはは。はっはーそっかなんだーおまじないかーびっくりしたぜ」

顔がメッチャ熱い。

メイド見習いたちがニヤニヤしている……。

くそ……リィラはただ俺のことを案じてしてくれただけなのに、俺は何を照れているのか。

やっべ、まだ心臓がバクバクする……。

「リュクス様。そろそろ時間の方が……」

しばらく騒いでいたが、御者さんの一言に、俺たちは慌てて馬車に戻る。

そして馬車は進む。

手を振る三人に、俺も精一杯手を振り返す。

『幸せになりたい』

この世界に転生してきたあの日、リュクスが願っていたメモを見て、俺はそれに共感した。

あの日からずっと、そのために走り続けてきた。
俺は、自分の望む幸せに近づけただろうか?
そんなこと、考えるまでもないか。
しかし、同時にその幸せを壊そうとする存在が暗躍していることも知った。
そして今の俺には、その魔の手から大好きなキャラたちを守る力が足りないことも。
「今のままじゃ駄目だ。強くなる。みんなを守れるくらい強く」
馬車はいつの間にか大通りに出て、王都の出口へと向かって走る。
五年後。今よりもっと強くなってここに戻ってくる。
そう胸に誓いながら、しばらくお別れになる王都の景色を目に焼き付けた。

あとがき

『魔眼の悪役に転生したので推しキャラを見守るモブを目指します』を手に取ってくれた皆様、初めまして。瀧岡《たきおか》くるじといいます。よろしくお願いします。

前作の『お前のような初心者がいるか！』をお読みになった方は、お久しぶりですね。

初挑戦だった異世界転生物で、なんとか二シリーズ目の書籍化となりました。

何故《なぜ》今までＷｅｂでも大人気のこのジャンルに手を出さなかったかと言うと、貴族の爵位がよくわからなかったからです。

おいおいそんな馬鹿なことをと思われるかもしれませんが、不思議と今までの人生で読んできた物語で触れることが少なかったのです。

もちろん「〇〇伯爵」とか耳にする機会はありましたが、それが具体的にどれくらい偉いのか？を調べたりすることなく生きてきました。

ですので、本作を書くにあたり、改めて一から勉強し直したという訳です。

その結果、とりあえず「公爵」と「侯爵」をどっちも「こうしゃく」という読み方にしようと決めた人には往復ビンタをしてやろうと決意しました。

いや、本当にややこし過ぎませんか？

さてここで制作秘話でも。

本作のWeb版では読者様の声をコメントという形で知ることができます。

「リィラが好き」「エリザいいね！」「クレアしか勝たん！」などなどキャラに関するコメントも頂いており、日々執筆の糧にしているのですが、一人だけ、作者の想像以上の人気を集めるキャラがいます。

主人公リュクスの兄、デニスです。もしかしたらWebで一番多く「好き」というコメントを貰《もら》っているのはコイツなのでは？　というくらい、作者の予想を超えて、皆様に愛していただいているキャラクターとなっております。

元々の予定では夏休みにしか出番のなかったデニスですが、そういった経緯があり、出番が大幅に増加しました。

皆様も本作を読んで好きになったキャラクターがいれば、是非僕に教えてください。もしかしたら、出番や活躍が大幅に増えるかもしれませんよ？

ちなみに僕が気に入っているキャラクターはメイド見習いのメロンです。

最後になりましたが、この場をお借りしてお礼を。

イラストレーターの福《ふく》きつね様。リュクスたちに素晴らしいビジュアルを与えてくださり、本当にありがとうございます。カバーイラストが特にお気に入りで、毎日眺めてはニヤニヤしております！

それと、カクヨムにてお声がけいただき、ここまで導いてくれた編集様ならびに出版関係の皆様方。

二シリーズ目とは思えないほど手際が悪く、沢山のご迷惑をお掛けしてしまいましたが、皆様のお陰で、Ｗｅｂ版を超える魅力的な物語に仕上げることができました。

そして何より、この本を手に取ってくださった読者の皆様。本当にありがとうございました。

またどこかでお会いできる日が来ることを祈っております。

瀧岡くるじ

※本書は、カクヨムに掲載された『魔眼の悪役に転生したので推しキャラを見守るモブを目指します』を加筆修正したものです。

カドカワBOOKS

魔眼《まがん》の悪役《あくやく》に転生《てんせい》したので推《お》しキャラを見守《みまも》るモブを目指《めざ》します

2024年7月10日　初版発行

著者／瀧岡《たきおか》くるじ

発行者／山下直久

発行／株式会社KADOKAWA

〒102-8177
東京都千代田区富士見2-13-3
電話／0570-002-301（ナビダイヤル）

編集／ビーズログ文庫編集部

印刷所／暁印刷

製本所／本間製本

●お問い合わせ
https://www.kadokawa.co.jp/（「お問い合わせ」へお進みください）
※内容によっては、お答えできない場合があります。
※サポートは日本国内のみとさせていただきます。
※Japanese text only

Printed in Japan
ISBN 978-4-04-738017-2 C0093

新文芸宣言

かつて「知」と「美」は特権階級の所有物でした。

15世紀、グーテンベルクが発明した活版印刷技術は、特権階級から「知」と「美」を解放し、ルネサンスや宗教改革を導きました。市民革命や産業革命も、大衆に「知」と「美」が広まらなければ起こりえませんでした。人間は、本を読むことにより、自由と平等を獲得していったのです。

21世紀、インターネット技術により、第二の「知」と「美」の解放が起こりました。一部の選ばれた才能を持つ者だけが文章や絵、映像を発表できる時代は終わり、誰もがネット上で自己表現を出来る時代がやってきました。

UGC（ユーザージェネレイテッドコンテンツ）の波は、今世界を席巻しています。UGCから生まれた小説は、一般大衆からの批評を取り込みながら内容を充実させて行きます。受け手と送り手の情報の交換によって、UGCは量的な評価を獲得し、爆発的にその数を増やしているのです。

こうしたUGCから生まれた小説群を、私たちは「新文芸」と名付けました。

新文芸は、インターネットによる新しい「知」と「美」の形です。

2015年10月10日
井上伸一郎

イラスト：Hiten

不遇職
『召喚師《サモナー》』なのに
ラスボスと
言われている
そうです
お前のような
初心者が
いるか！

西浦真魚　イラスト／まろ

二流貴族の三男・アレンは、素質抜群ながら勉強も魔法修行も続かない「普通の子」。だが、突然日本での前世が蘇り、受験戦士のノウハウをゲット。最難関エリート校試験へ挑戦すると、すぐに注目の的に……？

カドカワBOOKS